Über den Autor:

Herbert Glaser, geboren 1961, arbeitet als Sounddesigner bei einem Münchner Fernsehsender.

Er schreibt gerne Kurzgeschichten, von denen bereits mehrere in Anthologien veröffentlicht wurden.

Mit der Erzählung „Endspiel" konnte er im September 2018 die Monatsausschreibung und die Ideenwertung des Schreiblust-Verlages gewinnen.

Im Januar 2019 erschien mit „Neustart" sein erster Roman, wofür er bei *www.writeronline.de* zum „Most Wanted Autor" gewählt wurde.

Er ist Vater von drei erwachsenen Kindern und lebt mit seiner Frau nördlich von München.

Herbert Glaser

kurz und schmerzend

23 Geschichten, die es in sich haben

© 2020 Herbert Glaser

Umschlaggestaltung: Herbert Glaser

Verlag & Druck: tredition GmbH, Halenreie 40-44, 22359 Hamburg

ISBN
Paperback   978-3-7497-6940-7
Hardcover   978-3-7497-6941-4
e-Book   978-3-7497-6942-1

Für Gabi

Inhalt

Der alltägliche Terror.................................8

Beste Freundin.................................16

Vertippt.................................26

Begegnung am Kiosk.................................34

Großraumromanze.................................44

Der Tippschein.................................54

Helmut.................................64

Ausgleichende Ungerechtigkeit.................................76

Der Pflock im Kopf.................................82

Begegnung im Badezimmer.................................90

Der Auserwählte.................................100

Die Geburtstagsüberraschung.................................112

Mein Leben als Türmatte............................118

Halloween...128

Der Ausflug..138

Galgenfrist...146

Hanno...156

Entscheidung aus Liebe........................168

Heimat...182

Der Einschulungstest............................190

Reine Liebe..200

Die letzte Seite....................................210

Endspiel...220

Der alltägliche Terror

„Das darf nicht wahr sein, schon wieder ein Anschlag. Sieh dir das an!"

Bernd hielt seiner Frau die Titelseite einer Tageszeitung hin. In Brüssel hatten islamistische Attentäter einen Sprengsatz gezündet.

„Ich habe es vorhin im Radio gehört", entgegnete Diana, „schrecklich!"

Er legte die Zeitung weg. „Vor diesen religiösen Fanatikern ist man inzwischen nirgendwo mehr sicher."

Sie deutete auf seinen unbenutzten Teller. „Iss bitte etwas. Frühstück ist die wichtigste Mahlzeit des Tages!"

„Im Büro vielleicht." Er trank einen Schluck schwarzen Kaffee und hielt ihr die Tasse hin. „Genau das brauche ich jetzt."

„Wieder schlecht geschlafen?"

Er winkte ab. „Ich muss los, was hast du heute vor?"

„Ich treffe mich mit Bianca im Einkaufszentrum."

„Na dann viel Spaß euch beiden und grüße sie von mir."

Bernd fuhr gerne mit dem Fahrrad zur Arbeit. Die Bewegung tat ihm gut und half ihm dabei, richtig wach zu werden. Gerade an diesem Morgen war das besonders nötig. Bis 3 Uhr hatte er kein Auge zugetan. Dann entschied er sich doch noch für eine Schlaftablette, um wenigstens ein paar Stunden Ruhe zu finden. Die Wirkung der Medizin war allerdings trotz des Koffeins immer noch spürbar.

Eigentlich gab es keinen Grund für schlaflose Nächte. Nach ihrem Umzug in die Großstadt war das gemeinsame Leben mit Diana nahezu perfekt. Sein Job in einem IT-Unternehmen gab ihnen finanziellen Spielraum, während seine Frau als Webdesignerin bequem von Zuhause aus arbeiten konnte. Anfangs fiel ihr zwar manchmal die Decke auf den Kopf, inzwischen hatte sie aber Anschluss gefunden. Vor allem mit ihrer besten Freundin Bianca war sie unzertrennlich. Grübeln war also gar nicht nötig, die Schlafprobleme hatte Bernd wohl von seinem Vater geerbt.

Auf halbem Weg zum Büro hielt er an einem Kiosk. Sämtliche Zeitungen berichteten von dem erneuten Anschlag, ein Titelbild schlimmer als das andere. Viele Menschen waren schwer verletzt, zwölf Todesopfer zu beklagen. Die Hintermänner drohten mit weiteren Attentaten in ganz Europa.

Bernd kaufte eine Flasche mit kaltem Cola, hoffte auf belebende Wirkung.

Die Luft um ihn herum war angefüllt mit klappernden Schritten und dem Stimmengewirr der Leute auf dem Weg zur Arbeit.

Er gab die Pfandflasche zurück, ging zum Fahrrad und kam aus dem Gleichgewicht, als ihn jemand anrempelte.

„Pass doch auf, du Idiot!" schimpfte er dem Mann mit Kapuze und Rucksack hinterher, der unbeeindruckt in der Menge verschwand.

„Haben Sie das gesehen, der könnte sich wenigstens entschuldigen, so eine Frechheit!" machte Bernd seinem Ärger beim Kioskbesitzer Luft.

„Ja ja, es nimmt keiner mehr Rücksicht ... weiterhin schönen Tag", beendete dieser das Thema, während er bereits den nächsten Kunden bediente.

Als Bernds Blick erneut auf die Terrornachrichten fiel, schreckte er auf. Der Typ, der ihn angerempelt hatte, war mit einem Rucksack unterwegs. Hatte der nicht einen Bart wie ein Islamist? Und außerdem, wer trug an einem so warmen Sommermorgen einen dicken Hoodie? Der musste etwas zu verbergen haben!

Bernd grübelte einen Moment, dann packte er sein Rad am Lenker und kämpfte sich zwischen den Passanten hindurch.

Fast hatte er den Kapuzenmann aus den Augen verloren, als er ihn in einiger Entfernung in einer Nebenstraße verschwinden sah. Im Laufschritt, das Fahrrad um die Fußgänger herum lenkend, bog auch Bernd um die Ecke und sah gerade noch, wie der Verfolgte die Treppe zu einer U-Bahnstation hinunterlief. Bevor der Verdächtige im Untergrund verschwand, sah Bernd sein Gesicht im Profil. Er hatte tatsächlich einen Bart wie diese IS-Krieger, die man aus den Nachrichten kannte.

Seine Gedanken rasten. War er einem Terroristen auf die Spur gekommen, der ein Attentat plant? Sofort fielen ihm die Rucksackbomber ein, die 2005 in London vier Sprengsätze gezündet hatten und der Sarin-Anschlag in Tokio zehn Jahre davor. War er nicht verpflichtet, die Polizei zu informieren? Aber was sollte die unternehmen?

Alle Bahnen stoppen, die Fahrgäste evakuieren, nach einer potentiellen Bombe und Giftgas suchen? Dafür erschienen Bernds Beobachtungen dann doch zu dürftig.

Andererseits … musste man nicht die Menschen schützen, die im Morgenverkehr unterwegs zur Arbeit waren, oder … zum Einkaufen! Der Gedanke traf ihn so heiß wie die Strahlen der Sonne, die inzwischen über den Häusern aufgegangen war.

„Diana!", schrie er, die verstörten Blicke einiger Passanten ignorierend. Das Einkaufszentrum, in dem sie sich mit Bianca verabredet hatte, lag ebenfalls an dieser U-Bahnlinie. Schweißperlen bildeten sich auf seiner Stirn.

Er zückte das Smartphone und wählte die Festnetznummer ihrer Wohnung-Anrufbeantworter.

Dianas Mobilfunknummer - Mailbox. Warum um alles in der Welt hatte sie ihr Handy nicht an?

Bernd sah auf die Armbanduhr. Der Weg von ihrem Zuhause bis zur U-Bahn dauerte zu Fuß ca. 20 Minuten. Von dort zur Station, an dem er mit dem Rad stand, waren es drei Haltestellen, die musste er zurücklegen. Wenn Diana eben erst losgegangen war, könnte er sie erreichen, bevor sie im Untergrund verschwand.

Er schwang sich auf sein Rad und trat in die Pedale. Der Verkehr um ihn herum tobte, mehrere rote Ampeln verhinderten ein schnelles Vorankommen, es wurde knapp. Sein Hemd war inzwischen tropfnass.

Mit seinem Citybike sprang er vom Radweg auf die Straße herunter und setzte den Weg zwischen hupenden Autos hindurch fort. Abgaswolken stiegen ihm in die Nase, er bemerkte es nicht.

Noch zwei Querstraßen. Wieder schaltete eine Ampel auf Rot. Im letzten Moment konnte der Fahrer eines PKWs notbremsen, als Bernd, das Haltesignal missachtend, über die Kreuzung schoss.

Er war fast am Ziel. Die Station, an der seine Liebste einsteigen würde, lag in Sichtweite. Da sah er sie, wie sie auf das Grünlicht einer Fußgängerampel wartete. Er schrie aus Leibeskräften, winkte mit einem Arm, kam jedoch gegen den Lärm der Großstadt nicht an, aber er würde es schaffen. Diana war gerettet!

Erleichtert bog er ein letztes Mal ab und übersah den LKW, der ihn überfuhr.

Beste Freundin

12. Juli

Liebes Tagebuch, ich bin Corinna.

In wenigen Tagen werde ich sechzehn Jahre alt. Deshalb möchte ich dir gerne ab und zu meine Gedanken anvertrauen. Es ist gut, zu wissen, dass ich vor dir nichts verbergen muss und niemand sonst etwas daraus erfährt. Außer meine beste Freundin Natalie, von der auch die Idee zu diesem Tagebuch ist.

Ich kenne sie schon seit vielen Jahren und bin sehr traurig, weil wir uns jetzt nicht mehr jeden Tag sehen können. Aber in zwei Wochen beginnen die Ferien und da wird sie mich besuchen kommen, das hat sie mir ganz fest versprochen. Und auf ihr Wort kann man sich immer verlassen.

27. Juli

Die Ferien haben begonnen!

Das Zeugnis ist gar nicht so schlecht, wie ich befürchtet hatte. Das Schuljahr ist bestanden, das ist doch die Hauptsache.

Mama und Papa sind ganz zufrieden, es bleibt ihnen auch nichts anderes übrig. Von meinen Großeltern habe ich die übliche Belohnung bekommen. Ich glaube, sie haben die Noten nicht mal angesehen.

Nächste Woche kommt Natalie, ich freue mich riesig auf ihren Besuch. Endlich können wir wieder ausgiebig über alles reden, was ich sonst niemanden sagen kann.

3. August

Gestern stundenlang mit Natalie auf der Couch gesessen und geplaudert. Sind erst um 4:00 Uhr ins Bett gegangen. Konnte trotzdem nicht einschlafen. Mir geht so viel durch den Kopf.

Sie besteht auf der Bergwanderung, weil sie meint, es wird mir helfen.

Warum um alles in der Welt tue ich mir das nur an?

Natalie lässt nicht locker. Sie meint sogar, dass sie sofort wieder verschwindet, wenn ich es nicht wenigstens versuche. Ich will sie nicht enttäuschen und mache mich bereit.

Es ist die gleiche Strecke, auf der ich als Kind beinahe abgestürzt wäre und heute soll ich sie noch einmal zurücklegen.

Ich bin nicht schwindelfrei und habe große Angst.

„Du schaffst das, ich weiß es und bin immer in deiner Nähe", redet sie beruhigend auf mich ein und wandert los. „Siehst du, alles kein Problem, bleib einfach dicht hinter mir."

Wir wandern einen breiten Weg entlang auf eine Schlucht zu. Weiter vorne macht er einen Bogen und nähert sich einer steilen Felswand.

Konzentriert versuche ich, mit Natalie Schritt zu halten, die zügig weitergeht, ohne auf mich zu warten.

Der Weg wird schmäler und schmiegt sich an die hoch aufragenden Felsen.

Ich werde langsamer. Meine Freundin bleibt stehen und dreht sich zu mir um.

„Schau." Mit ihrer linken Hand hält sie sich an dem angebrachten Stahlseil fest und marschiert unbeeindruckt weiter. Ich nehme allen Mut zusammen, drehe mich zur Wand, packe mit beiden Händen das kalte Metall und folge ihr Schritt für Schritt, mit dem Rücken zur immer tiefer werdenden Schlucht.

„Gut so!", ermuntert Natalie mich.

Plötzlich höre ich entfernte Stimmen. Ein Paar kommt uns entgegen. Ein Liebespaar, eng umschlungen, turtelnd, kaum auf den Weg achtend. Natalie lässt die beiden passieren, die sie nicht zu bemerken scheinen. Ich drehe mich um, presse meinen Rücken gegen die Wand und bewege mich nicht. Der Mann will seine Begleiterin küssen. Dabei beugt sich die Frau nach hinten und hängt mit dem Oberkörper über dem Abgrund. Mir stockt der Atem, ich bringe kein Wort heraus.

Erkennen die zwei denn nicht, in welcher Gefahr sie schweben? Zum Glück zieht er sie wieder zu sich und drückt ihr einen Kuss auf die Wange.

„Schön festhalten!", kichert die junge Frau in meine Richtung, während sie an mir vorbei schlendern. Ich schließe die Augen, um eine Panikattacke zu unterdrücken.

Das Paar entfernt sich, ohne sich noch einmal umzudrehen. Kurze Zeit später sind sie außer Sichtweite.

Ich atme tief ein und aus, ein und aus, ein und aus, wie Natalie es mir heute Morgen nach dem Frühstück gezeigt hat.

Sie nickt mir ermutigend zu. Ich überwinde die Angst und folge ihr weiter.

Endlich wird der Weg breiter, die Schlucht bleibt hinter uns.

„Gratuliere, die Hälfte hast du geschafft. Ich bin stolz auf dich."

Meine Euphorie hält sich in Grenzen, denn der schlimmste Teil liegt noch vor mir.

Der tosende Gebirgsbach ist bereits von Weitem zu hören. Eine schmale Holzhängebrücke führt den Weg fort auf die andere Seite.

Neben Natalie bleibe ich stehen und sehe das Wasser fünfzehn Meter unter uns ins Tal rauschen. Unmöglich, das schaffe ich nicht, niemals!

Sie scheint meine Gedanken zu lesen. „Du weißt, was passiert, wenn du hier umkehrst?"

Mit ausladenden Schritten überquert sie die freihängende Konstruktion und dreht sich zu mir um.

„Nur noch ein paar Meter, dann hast du es geschafft. Sieh einfach nicht nach unten."

Mein Herz pocht wie verrückt, ein Kloß schnürt mir den Hals zu.

Ich lasse Natalie nicht aus den Augen, greife die Sicherungsseile auf beiden Seiten und betrete den Holzsteg, auf dem ich mich zentimeterweise voran taste.

Ich fasse die Seile so fest, dass die Fingerknöchel weiß hervortreten. Eine Faust löst sich, schnellt ein kurzes Stück vor und packt wieder zu ... dann die andere Hand. Nach einer gefühlten Ewigkeit habe ich die Mitte erreicht.

Das Rauschen des wilden Wassers frisst sich in meine Gehörgänge bis ins Gehirn, alles dreht sich.

Genau hier wäre ich als Kind beinahe abgestürzt, wenn mich mein Vater nicht gepackt und hinüber getragen hätte. Die Erinnerung daran jagt mir einen kalten Schauer über den Rücken.

Etwas bringt mich aus dem Gleichgewicht, ein Windstoß vielleicht, ich falle auf die Knie.

Während ich mich mit einer Hand weiterhin krampfhaft festhalte, strecke ich die andere Natalie entgegen. „Bitte hilf mir, ich kann nicht mehr!"

„Du musst alleine weitergehen, sonst erreichst du niemals dein Ziel. Komm zu mir."

Tränen kullern über meine Wangen. Mit letzter Kraft stehe ich auf, lasse die Brücke hinter mir und sinke ins Gras.

Als ich wieder zu mir komme, ist Natalie bereits vorausgegangen.

Ich rapple mich mühsam auf und folge ihr.

5. August

Endlich habe ich meine Angst besiegt, das habe ich Natalie zu verdanken.

Sie ist meine beste Freundin, mein Schutzengel.

Morgen werde ich sie zum ersten Mal besuchen.

Morgen gehe ich zu ihr und besuche ihr Grab.

Vertippt

Inge konnte den seltsamen Ton im ersten Moment nicht einordnen. Als sie das leuchtende Display ihres Handys sah, wurde ihr bewusst, dass jemand eine SMS geschickt hatte. Sie setzte ihre Brille auf und las.

Ich liebe Dich!

Inge musste schmunzeln. Wer sollte ihr eine solche Liebesbekundung zukommen lassen? Die einzigen Menschen, die ihre Nummer kannten, waren ihre Freundinnen. Die riefen von Zeit zu Zeit bei ihr an, schickten aber keine Textnachrichten.

Da hatte sich bestimmt jemand vertippt.

Egal, dachte Inge, eine schöne Nachricht ist es auf jeden Fall.

Umständlich gab sie eine Antwort ein.

Danke, einen so reizenden Satz habe ich lange nicht mehr gelesen.

Kurz darauf meldete sich das Gerät erneut.

Entschuldigen Sie bitte das Versehen, las sie.

Das macht doch nichts, antwortete sie, *es gibt schlimmere Irrtümer.*

Genau genommen war es sogar ein doppeltes Missgeschick, kam prompt zurück.

Inge rückte ihre Brille zurecht und legte die Stirn in Falten. Immer wieder näherte sich ihr Zeigefinger der Tastatur ihres Handys, ohne zu tippen.

Das verstehe ich nicht, schrieb sie schließlich.

Ich habe den verkehrten Text und die falsche Telefonnummer eingegeben, las sie danach auf ihrem Display.

Inge schüttelte den Kopf. Kurz entschlossen rief sie die unbekannte Nummer an. Eine Männerstimme meldete sich.

„Oh, ich habe mit einer Frau gerechnet", sagte sie, „ich bin sozusagen das andere Ende ihrer Leitung."

Der Mann lachte. „Erstaunlich, was eine falsche Eingabe alles bewirkt. Ich wollte einem Kollegen eine Terminabsage zukommen lassen, dabei schickte ich Ihnen eine Liebeserklärung."

Seine Stimme klang tief. Inge lauschte ihr nach, dann schmunzelte sie erneut.

„Na ja, zwischen einem Liebesgeständnis und einer Terminabsage ist ja kein großer Unterschied."

Wieder lachte ihr Gesprächspartner.

„Die moderne Technik! In meinem Handy sind häufig benutzte Sätze gespeichert, wie *Bitte um Rückruf, Ich komme später, Mitteilung über Terminverschiebungen,* aber eben auch *Ich liebe Dich.* Nicht gerade originell, das muss ich zugeben. Ich habe mich um eine Zeile vertippt und noch dazu einen Fehler bei der Nummer gemacht. Nicht gerade männlich, nicht wahr."

„Ich bitte Sie", widersprach Inge, „das hat doch nichts mit männlich oder nicht männlich zu tun. Auf jeden Fall war es bezaubernd zu lesen."

Für einen kurzen Moment war es still im Hörer.

„Ich muss zugeben, dass mich das seltsam berührt, was Sie sagen. Natürlich ist es ein besonderer Satz ... vielleicht der schönste überhaupt ... falls er stimmt."

„Wenn Sie ihn so häufig benutzt haben ... war er denn nie ernst gemeint?", hakte Inge nach.

„Eigentlich schon ... zumindest am Anfang ... aber später ..."

„Das hört sich nicht gut an!"

„Ich bin frisch geschieden. Sie hat die Kinder mitgenommen und ich sitze jetzt hier alleine."

„Oh, das tut mir leid." Inge machte eine entschuldigende Geste, ohne sich bewusst zu sein, dass ihr Gesprächspartner dies nicht sehen konnte. „Ich wollte nicht indiskret sein."

„Sie sind der erste Mensch, dem ich das so offen erzähle."

„Dabei kennen wir uns doch gar nicht."

„Wahrscheinlich ist genau das der Grund. Manchmal kann man besser mit jemandem reden, der einem nicht nahe steht ... der nicht betroffen ist."

„Bestimmt haben Sie recht." Inge überlegte. „Wollten Sie denn die Scheidung?"

„Am Ende war es für uns beide das Beste, es ging nicht mehr. Trotzdem fühlt es sich schlecht an. Ich bin es nicht gewohnt, alleine zu sein ... war es nie. Und ohne die Kinder ist es noch schlimmer." Die Leichtigkeit in seiner Stimme war einem traurigen Unterton gewichen. „Was erzähle ich Ihnen da bloß, ich wollte Sie nicht mit meinen Problemen belasten."

„Sie belasten mich nicht", gab Inge schnell zurück. Mit dem Handy am Ohr ging sie zum Fenster und schaute hinaus.

„Sie klingen ... vertrauenerweckend", setzte er das Gespräch mit wieder gefestigter Stimme fort. Darf ich fragen, von wo Sie anrufen?"

„Ich lebe in München", erwiderte sie und hielt den Atem an.

„Was für ein Zufall", gab er lachend zurück, „genau wie ich."

„Nicht zu fassen! Da wäre ein Telefonat über das Festnetz wesentlich billiger."

„Dann hätten wir uns jedoch nicht kennengelernt."

„Stimmt! Ich bekomme wenige Anrufe, wissen Sie. Meine Freundinnen haben mir dieses Handy geschenkt, deswegen rufen mich nicht mehr Leute an als davor."

„Haben Sie gerade etwas zu tun", fragte er.

„Nichts Besonderes."

„Es ist erst zwei Uhr. Kennen Sie den Gasteig? Da gibt es ein nettes Café. Ist das weit weg von Ihnen?"

Inges Herz schlug deutlich schneller. „Nein, es sind nur ein paar Minuten zu Fuß."

„Wollen wir uns um drei Uhr dort treffen? Man kann gut draußen sitzen. Sie erkennen mich an dem weißen Hut, den ich dabeihaben werde."

„Das ist eine wunderbare Idee!"

Inge hatte ihr feinstes Sommerkleid angezogen, dazu kecke rote Schuhe, einen leichten Sommerhut und eine Handtasche.

Als sie sich dem Café näherte, erkannte sie ihn sofort. Sein Hut lag vor ihm. Er hatte dunkelbraune, volle Haare und ein sportliches Aussehen.

Ohne sich etwas anmerken zu lassen, ging sie an ihm vorbei und nahm zwei Tische weiter Platz, mit dem Rücken zu ihm.

Ich hätte ihm sagen sollen, überlegte sie, dass ich bald meinen achtzigsten Geburtstag feiere. Ihre Stimme klang unverhältnismäßig jung, das hatte man ihr oft bestätigt. Er wird furchtbar enttäuscht sein, wenn er mich sieht.

Sie holte das Handy aus ihrer Tasche und begann zu tippen.

Hallo Fremder, vielen Dank für das bezaubernde Gespräch. Leider kann ich Sie nicht persönlich treffen, ich wünsche Ihnen alles Gute.

Lieben Gruß

Inge

Dann schaltete sie das Handy aus.

Schulterzuckend winkte sie einer Bedienung, mit der sie kurz plauderte und bestellte sich einen Kaffee.

Sie hatte gerade den ersten Schluck getrunken, als neben ihr der Unbekannte mit dem Hut in der Hand eine Verbeugung andeutete.

„Hallo Inge, erlauben Sie?" Der Mann zeigte auf den Stuhl ihr gegenüber.

„Woher …?"

„Ihre unverwechselbare Stimme."

„Natürlich, sehr gerne, nehmen Sie Platz."

„Nennen Sie mich bitte Frank. Ich glaube, wir haben uns einiges zu erzählen."

Begegnung am Kiosk

Unsicher sah die junge Frau zu dem Kiosk und presste dabei den Mantel mit beiden Händen fest an ihren schlanken Körper, das lange schwarze Haar unter einem dicken Schal verborgen. Ihr Atem bildete kleine Wölkchen, die sich in der Morgenluft rasch auflösten.

Sie straffte sich, trat an den Stand heran und spähte durch das halb geöffneten Glasschiebefenster.

„Hallo ... Entschuldigung ...“

„Rob packt Ware aus.“ Ein älterer Mann lehnte im Halbschatten des Kioskdaches am Ende der schmalen Ablagefläche, grinste, und entblößte dabei eine beachtliche Zahnlücke. Erschrocken machte die Frau einen Schritt zur Seite.

„Aha, und wann kommt dieser ... Rob?“

„Keine Panik, Schätzchen“. Mit einer halbvollen Bierflasche klopfte er an die Scheibe. „Rob, hier ist Kundschaft für dich!“.

„Ich bin nicht ihr Schätzchen, mein Herr, und außerdem ...“

„Also, *Herr* hat mich seit Ewigkeiten niemand mehr genannt, das muss gefeiert werden ... auf Ihr Wohl.“ Genüsslich trank er einen großen Schluck Bier. „Ich bin Heinz ... wie darf ich Sie nennen?“

„Melanie, wenn es unbedingt sein muss. Hören Sie, ich habe nicht viel Zeit. Wann kommt denn nun dieser ..."

„Was ist los?" Ein junger Mann lugte durch die Öffnung zu Heinz. Ungekämmte Haare tanzten kreuz und quer auf seinem Kopf herum. Ein armseliger Flaum von Schnurrbart zierte die Oberlippe.

„Das Fräulein möchte deine Dienste in Anspruch nehmen."

Rob bemerkte Melanie. „Was kann ich für Sie tun?" Hektisch versuchte er, die Frisur in eine ansehnlichere Form zu bringen.

„Sie sind meine letzte Hoffnung. Für das Studium benötige ich die aktuelle Ausgabe der Zeitschrift *Soziologie jetzt!*". Sie deutete über ihre Schulter. „Die ältere Dame in dem Laden da hinten meinte, das Heft ist nicht mitgeliefert worden. Ehrlich gesagt schien sie mir ein bisschen verwirrt und deshalb hoffe ich, das Sie ... Ihr Kiosk ist der einzige Zeitungsladen auf dem weiteren Weg zur Uni. Ich brauche das Magazin heute."

Fasziniert starrte Rob sie an.

„Hallo ... arbeiten Sie noch hier?", drängte sie, „Mein Bus kommt in ein paar Minuten!"

„Äh, natürlich, bin gleich wieder da." Rob machte abrupt kehrt, stieß mit dem Kopf an ein Regal und verschwand. Melanie konnte sich ein Schmunzeln nicht verkneifen.

„Gut, dass ich die Zeitschrift bisher nicht abbestellt habe", rief er aus dem hinteren Teil des Kiosks, „die wird bei mir fast nie verlangt, aber ... voilà ... da ist sie." Triumphierend legte er das Journal auf den Verkaufstresen. „Macht neun fünfzig."

Melanie atmete auf und gab ihm einen Zehn-Euro-Schein. „Stimmt so, Sie sind meine Rettung."

„War mir ein Vergnügen. Soll ich das nächste Heft zurücklegen ... erscheint in vier Wochen."

„Das wäre großartig." Sie hastete zur Straße.

„Warum abonnieren Sie die Zeitschrift nicht", rief Heinz ihr hinterher, „dann wird sie ein paar Tage früher zu Ihnen nach Hause geliefert?"

„Halt die Klappe Mann, sie soll doch *hierher* kommen." Rob warf Heinz einen vernichtenden Blick zu.

„Lohnt nicht", antwortete die Studentin, während sie zur Bushaltestelle eilte, „brauche nur drei Ausgaben."

*

„Sie gehören wohl zum Inventar?", wurde Heinz von Melanie begrüßt, die auf sein Bierglas deutete, das auf einem runden Bistrotisch stand. „Gerade beim Frühstück?".

„Na klar, schließlich braucht man eine Grundlage für den Tag."

„Neues Equipment gibt es offensichtlich auch?"

„In den letzten vier Wochen hat sich hier einiges verändert. Rob sagt, ein Tisch wirkt einladender als der schmale Tresen ... und trinken soll ich von nun an aus einem Glas ... sieht ansprechender aus. Na wenn er meint, ist schließlich sein Geschäft."

Er zwinkerte Melanie zu. „Hat natürlich nichts mit Ihnen zu tun."

„Guten Morgen", frohlockte es aus dem Kiosk, „ich hab Sie schon erwartet."

„Guten Morgen", antwortete die Angesprochene. Eine Falte grub sich zwischen ihre Brauen. „Wo ist Rob heute? Oh, Entschuldigung, hätte Sie beinahe nicht erkannt."

„Er war beim Friseur", bestätigte Heinz das Offensichtliche, „wirkt seriöser. Hat aber nichts mit Ihnen zu tun." Konspirativ beugte er sich zu der Studentin. „Er hatte noch nie eine Freundin."

„Trink du mal lieber in aller Ruhe dein Bier!", wies Rob ihn zurecht und hielt Melanie die aktuelle *Soziologie jetzt!* hin.

„Brauchen Sie die für Ihre Vorlesungen?"

„Nicht direkt. Wir treffen uns regelmäßig im kleinen Kreis … der Professor und seine Studenten. Im Rahmen eines umfangreichen Soziologie-Experiments werden Freiwillige in unvorhersehbaren Situationen gebracht und dabei beobachtet. Jeder von uns soll dazu eigene Ideen einbringen."

„Es geht Ihnen darum, den Prof zu beeindrucken", mutmaßte Rob, „Reicht es dafür aus, eine Zeitschrift zu lesen?"

„Es wird sicher helfen. Das Blatt veröffentlicht einen dreiteiligen Aufsatz unseres Professors. Ich streue dann in der Runde einige seiner Gedanken ein … natürlich so unauffällig wie möglich."

„Deshalb kaufen Sie das Heft nicht in Nähe der Uni", kombinierte Heinz, „damit niemand etwas merkt … hab mich schon gewundert."

„Und", ignorierte ihn Rob, „hat es geholfen?"

„Sieht so aus." Melanie steckte die Zeitschrift in ihre Tasche und bezahlte. „Er war beeindruckt. In der nächsten Ausgabe erscheint der letzte Teil, dann ist bald Semesterende und er entscheidet, wer bei dem Versuch dabei ist."

„Verstehe … darf ich ein Käffchen anbieten? Cappuccino, Milchkaffee, Latte?"

„Er hat seit kurzem einen Kaffeeautomaten … hat aber nichts mit Ihnen zu tun." Heinz schmunzelte und nahm einen kräftigen Schluck.

„Danke, vielleicht beim nächsten Mal. Ich muss los."

„Bis in vier Wochen", rief Rob, „… und viel Erfolg mit dem Experiment."

*

„Geht aufs Haus." Rob servierte Melanie eine Tasse Cappuccino und stellte sich zu ihr an den Bistrotisch. „Tolles Kleid!"

„Vielen Dank." Das Grün ihrer Augen leuchtete wie ein Smaragd in der Sonne. Sie lächelte und wandte sich an Heinz. „Kein Heißgetränk für Sie?"

„Kaffee ist reines Gift. Ich bleibe lieber bei meinem Vollwertgetränk. Prost."

Rob schüttelte den Kopf. „Ich habe in dem Heft geblättert. Auf den Fotos sieht der Professor ungewöhnlich jung aus."

„Er ist auch der Grund, warum ich den Kurs besuche. Soziologie ist nicht gerade ein Lieblingsfach von mir, trotzdem sind seine Vorlesungen ein Erlebnis."

„Und heute zum letzten Mal?"

„Ja, nach dem Vortrag setzten wir uns zusammen und ich hoffe, dass meine Strategie aufgeht."

Rob wusste plötzlich nicht, wohin mit den Händen, nein, er wusste nicht wohin mit *sich selbst*.

Trippelnd, den Oberkörper hin und her wiegend fixiert er Melanie. Schließlich blieb er ruhig stehen und straffte sich.

„Sie brauchen keine Zeitschrift mehr von mir. Wie wäre es, wenn wir beide uns stattdessen …"

„Wissen Sie was, ich komme morgen vorbei und erzähle Ihnen, wie es mir ergangen ist".

*

„Wo ist Heinz?" Melanie ließ ihren Blick schweifen und entdeckte den Gesuchten in einiger Entfernung auf einer Bank sitzend. Der erwiderte ihren Gruß, indem er die Bierflasche hob.

Rob zupfte imaginäre Fussel von seiner Jacke.

„Ist nicht gut für das Geschäft, wenn er hier dauernd rumhängt. Außerdem hatte ich das Bedürfnis, ungestört mit Ihnen zu reden und Sie zu fragen, ob wir nicht heute Abend zusammen ... aber berichten Sie erst, wie es gestern gelaufen ist."

„Das ist schnell erzählt, es hat funktioniert."

„Gratuliere, Sie dürfen also bei der Versuchsreihe mitmachen?"

„Es ging gar nicht um das Experiment. Ich sagte ja, dass mich Soziologie nicht sonderlich interessiert."

„Warum dann der ganze Aufwand mit der Zeitschrift?"

„Sie haben doch auf dem Foto gesehen, wie attraktiv unser Professor ist. Sicher haben auch andere Studentinnen die Vorlesungen nur wegen ihm besucht."

„Und er ..."

„Er hat mich zum Essen eingeladen, heute Abend, ganz privat, ohne Soziologie." Melanie gab Rob einen Kuss auf die Wange. „Danke, dass Sie mir dabei geholfen haben."

Im Gehen deutete sie zur Bank. „Seien Sie nicht zu streng mit ihm."

Mit entgleisten Gesichtszügen stand Rob einige Minuten da, bevor er Heinz heranwinkte. „Komm schon her, ich geb einen aus."

Großraumromanze

Rob malträtierte seinen Kugelschreiber im Viertelsekundentakt. Klick – klack, klick – klack, klick – klack.

Seit einer geschlagenen Stunde versuchte er vergeblich, sich einen passenden Text einfallen zu lassen.

Ein weiterer Versuch: >Sehr geehrte Frau ...<. *Nein, zu förmlich.*

Der nächste zerknüllte Zettel landete im Papierkorb.

Rob lehnte sich zurück und schloss die Augen.

Die Symphonie des telefonierenden, tippenden, tintenstrahldruckenden Orchesters, gespielt von unzähligen Kollegen, brandete heute besonders heftig an seine Ohren wie aufgewühlte Meeresbrandung an schroffe Felsen.

Wie er Großraumbüros hasste! Nachdem der Kiosk, in dem er gearbeitet hatte, geschlossen worden war, musste er sich mit Jobs wie diesem über Wasser halten.

Auf dem Drehstuhl rollte er zum offenen Eingang des Büroabteils, das nur von dünnen, verstellbaren Wänden gebildet wurde, und beugte sich so weit wie möglich in den Gang. Am anderen Ende, dem Kaffeeautomaten gegenüber, arbeitete die Frau seiner Träume.

Trotzdem konnte er sie nicht sehen, da die Zellenbüros alle exakt in einer Reihe angeordnet waren. Man musste daran vorbei gehen, um einen Blick auf die *Mitgefangenen* werfen zu können.

Offener Vollzug, ging es ihm durch den Kopf, *wie treffend.*

„Was wird denn das", blaffte es aus dem Abteil gegenüber, „gymnastische Übungen?".

Ertappt richtete Rob sich auf und schaffte es mit Mühe und Not, nicht vom Stuhl zu kippen. Mit der Miene eines Menschen, der bei einer ungeheuer wichtigen Beschäftigung von etwas ungeheuer Unwichtigem gestört wurde, glitt Rob zum Schreibtisch zurück.

Er hoffte auf eine zündende Idee. In einer Stunde beendete seine Angebetete ihren Dienst, wie jeden Tag um diese Zeit.

60 Minuten ... die letzte Chance vor den Weihnachtsfeiertagen. Ob er im neuen Jahr wieder den Mut finden würde? Bis dahin konnte eine Menge passieren, also: *Jetzt oder nie!*

Konzentriere dich! Denk an das vergangene Betriebsfest.

„Was haltet ihr davon", warf sie locker in die Runde und hob ihr Rotweinglas, „wenn wir zum 'Du´ übergehen, schließlich sind wir Kollegen - ich bin Constance."

Die Selbstsicherheit, mit der sie sich gab, schien aus einem inneren Gleichgewicht zu kommen.

Constance: Anfang dreißig, geschmeidig, mit zarter Haut, neugierigen blauen Augen und einem schwarzen Lockenkopf. Ihr Knochenbau war so ausgewogen, dass sich Rob an eine seltene Katzenrasse erinnert fühlte.

Er stand auf und betrachtete sich in einem kleinen Spiegel an der Wand. *Durchschnitt, mehr nicht.* Dafür trug er seit einiger Zeit ordentlich gebügelte Anzüge. *Guter Durchschnitt also, mindestens.*

Rob zog sein Sakko glatt und stellte sich auf die Zehenspitzen. Außer ein paar Hinterköpfen war nichts zu sehen.

Überrascht von der eigenen Entschlossenheit trat er auf den Gang, der von Neonleuchten erhellt wurde, die sich hinter Deckenverkleidungen verbargen. Er ignorierte den Kloß im Bauch und marschierte los, dem Kaffeeautomaten entgegen.

Der weitläufige Raum wirkte auf ihn wie ein Resonanzkörper, in dem alle ohne jeglichen Takt schwingenden Töne aufgenommen und verstärkt wurden. Einem Eisbrecher gleich schnitt der Bug von Robs Stirn durch das lärmende Meer.

Vor dem Automaten blieb er stehen. Aus den Augenwinkeln hatte er Constance erspäht, die drei Meter von seinem Rücken entfernt arbeitete. Sein Herz schlug rasend schnell.

Er kramte in den Taschen und fand … nichts … er hatte keine Münzen dabei. Panik stieg in ihm auf.

Was soll ich tun?

Sie fragen, ob sie mir Kleingeld für einen Kaffee borgt. Muss sie mich nicht für einen kompletten Idioten halten?

„Fällt dir keine bessere Anmache ein?", würde sie bestimmt sagen … oder zumindest denken.

Rob drehte sich abrupt um, kam ins Straucheln, streifte Constances Trennwand, erhaschte kurz ihren Blick, bemerkte ein Lächeln und stolperte seiner schützenden Zelle entgegen, empfindlich geworden wie ein Einsiedlerkrebs, der ohne sein Muschelgehäuse das Meer durcheilt.

Erleichtert sank er auf den Stuhl, schlug die Hände vor das Gesicht und drückte die Finger so fest auf die geschlossenen Augen, dass die Farben an der Innenseite der Lider explodierten.

Dann schüttelte er den Kopf aus und wartete, bis sich die Gedanken in seinem Schädel beruhigt hatten, wie Billardkugeln nach einem Eröffnungsstoß.

Vielleicht war es kein Mitleidslächeln, versuchte er, sich Mut zu machen. *Und überhaupt, jetzt ist schon alles egal, schlimmer kann es nicht mehr kommen.*

Er startete ein Programm, begann zu tippen und … hielt inne.

Nicht per E-mail! Wenn das jemand liest … und außerdem: Privates über den Firmencomputer … das gibt Ärger.

Mit dem Mut der Verzweiflung tippte er in sein Smartphone.

>Liebe Constance, könntest du dir eventuell vorstellen, zu einem gegebenen Zeitpunkt mit mir ...< DELETE.

>Wäre es vielleicht irgendwann möglich, dass du mit mir ...< DELETE.

>Ich wäre überglücklich, wenn es dein Zeitplan ermöglicht ...< DELETE.

Rob sackte in sich zusammen. Mit geschlossenen Augen schickte er ein Stoßgebet zum Himmel - ein kleines Tauschgeschäft mit dem lieben Gott.

Letzter Versuch! >Liebe Constance, ich würde dich gerne zum Essen einladen. Kenne einen hervorragenden Italiener. Freue mich auf eine Antwort. LG vom Kollegen aus Büroabteil 89<

Im Adressbuch tippte er auf ihre Nummer, die er während des Betriebsfestes aufgeschnappt hatte und danach auf *send.*

Erschöpft drehte Rob sich langsam mit dem Stuhl hin und her, den Blick unentwegt auf das Smartphone gerichtet.

Nach einer gefühlten Ewigkeit kehrten seine Lebensgeister zurück. Er stand auf, trat in den Gang und zuckte zusammen. Constance war aufgestanden und eilte in Richtung ... Ausgang.

Das war's. Es ist aus. Sie will nichts mit mir zu tun haben, ich habe es gewusst.

Überraschenderweise ließ sie die Treppe zum Ausgang links liegen und marschierte weiter auf das Büro des Chefs zu.

Sie beschwert sich und ich bekomme eine Abmahnung. Oder ... schlimmer noch, eine Kündigung wegen sexueller Belästigung. Ich bin geliefert.

Mit hängenden Schultern betrat Rob *zum gefühlt letzten Mal* seine Bürozelle und ließ den Blick wehmütig über die wenigen Einrichtungsgegenstände schweifen. Lange stand er reglos da, bevor er resigniert begann, die Schubladen nach persönlichen Dingen zu durchsuchen.

„Heute Abend um acht würde es mir gut passen."

Rob starrte Constance an wie einen Eisbären, der sich im tropischen Dschungel verirrt hatte.

„Äh ...", stammelte er, „ich dachte, Sie ... du warst beim ...“

„Entschuldige, dass ich dir nicht gleich geantwortet habe. Ich musste dringend auf die Toilette." Ihre Stimme war melodisch wie der Klang einer gut gestimmten Geige.

Robs Mund stand weit offen.

„Wenn es heute Abend ungünstig ist, dann ..."

„Nein ... doch ... äh, heute Abend wäre toll. Soll ich dich ... ich meine wo ...? Ich hole dich natürlich ab, wenn es dir recht ist."

„Gerne, hier ist meine Adresse."

Sie reichte ihm eine Visitenkarte. „Wie ist eigentlich dein Vorname?"

„Mein Vorname ... ich heiße ... alle sagen Rob zu mir."

„Na gut, geheimnisvoller ʻRobʹ, dann haben wir Gesprächsstoff für heute Abend. Ich freue mich. Bis später."

„Ich werde da sein ... um acht ... bei dir und ... danke!"

Ungläubig betrachtete Rob Constances anmutigen Gang, bis sie wieder in ihrem Büroabteil verschwunden war. Die Geräuschkulisse summte lieblich wie eine Stimmgabel.

Tänzelnd bewegte er sich an seinen Platz zurück und dankte dem Himmel für diesen wunderbaren Tag.

Für Rob war Weihnachten bereits heute.

Der Tippschein

„Kinder - hört endlich auf zu streiten!" Robs Stimme übertönte das Gekreische auf der Rückbank und sorgte umgehend für Ruhe. Erschrocken sahen die zwölfjährige Leoni und ihr um vier Jahre jüngerer Bruder Ben zu ihrem Vater. Die kindliche Sprachlosigkeit währte allerdings nur wenige Augenblicke.

„Mama hat gesagt", wandte sich Ben wieder an seine Schwester, „ich darf auch mit deinem Smartphone zocken!"

„Ja, *einmal* am Tag ... du hast heute Mittag im Tierpark schon gezockt."

„Aber nur kurz!" Ben schraubte die Stimme um eine Oktave nach oben.

Rob warf Constance auf dem Beifahrersitz einen flehentlichen Blick zu. Die drehte sich zu ihren Kindern um.

„Okay, zu Hause dürft Ihr noch eine halbe Stunde fernsehen."

„Es ist doch Samstag", gab Leoni mit Schmollmund zu bedenken.

„Morgen ist keine Schule", wurde sie von Ben in seltener Eintracht bestärkt.

„Ben nervt total, ich will ein eigenes Zimmer!"

Rob zwinkerte seiner Frau zu. „Wenn wir die beiden verkaufen, können wir uns eine Weltreise leisten, was meinst du?"

Nachdem die Geschwister unter gegenseitigen Beschimpfungen in ihrem gemeinsamen Zimmer verschwunden waren, setzte sich Rob im Wohnzimmer auf die Couch und machte den Fernseher an.

Constance schlenderte zum Badezimmer, als das Telefon läutete.

Sie pflückte den Hörer aus der Ladestation, blickte auf das Display und nahm das Gespräch an.

„Mama ... ist alles in Ordnung?"

Einige Minuten später stützte Constance sich am Türrahmen zum Wohnzimmer ab und hielt das Telefon hoch.

„Was ist los, Schatz?" Rob sprang auf und stellte sich vor seine Frau. „Du bist ja ganz blass, ist was mit deinen Eltern?"

„Sie ... du weißt doch, dass sie seit Jahren Lotto spielen, und ..."

Rob sah Constance verständnislos an. „Ja, ich weiß, dass dein Vater jede Woche an der Lotterie teilnimmt ... und weiter?"

„Heute Abend ... nach den Nachrichten hat er die Zahlen verglichen ..."

Rob schlug die Hände vors Gesicht. „Heißt das, er hat vergessen, den Schein abzugeben und die haben ausgerechnet diesmal *seine* Zahlen gezogen? Großer Gott!"

„Nein!" Constance winkte energisch ab. „Es ist viel schlimmer ... ich meine, nein ... im Gegenteil." Eindringlich sah sie Rob in die Augen. „Sie haben sechs Richtige."

Rob starrte sie an wie eine Außerirdische.

„Das glaube ich jetzt nicht. Er ist doch manchmal ein wenig schusselig ... ist das wirklich wahr?"

„Er hat die Ziehung mehrmals mit seinem Zettel verglichen … sechs Richtige." Die Farbe kehrte langsam in ihr Gesicht zurück.

„Das muss ich genau wissen, ich rufe ihn sofort an. Gib mir den Hörer!"

„Nichts da!" Sie versteckte das Gerät hinter ihrem Rücken. „Die beiden sind total aufgewühlt. Mama ist froh, dass Pa endlich eingeschlafen ist und sie wollte auch gleich ins Bett."

Constance sank auf die Couch.

„Du weißt doch, wie gerne sie uns finanziell unterstützen würden. Es ist der einzige Grund, warum sie noch spielen … sie sagen, dass sie das Geld selbst nicht mehr brauchen."

„Super!" Leoni, die alles mit angehört hatte, kam ins Wohnzimmer und baute sich vor ihren Eltern auf. „Also, als Erstes suchen wir eine neue Wohnung mit einem großen Zimmer für mich allein." Bestimmt sah sie die beiden an. „Und ich will ein Pony."

„Wohl ein bisschen plemplem, was?" Rob schob seine Tochter in den Gang. „Wir reden morgen weiter."

„Das muss ich sofort Ben erzählen."

Constance schüttelte den Kopf.

„Was meinst du, welchen Betrag man für sechs Richtige bekommt?"

„Keine Ahnung. Wenn mehrere Spieler das Gleiche getippt haben, ist er nicht sonderlich hoch. Kannst du dich erinnern … einmal gab es dermaßen viele Gewinner, dass am Ende jeder nur 100000 Euro bekam!"

„Na, besser als Nichts, oder."

Constance zuckte mit den Schultern. „Was machen wir jetzt?"

Rob versuchte, seiner Stimme einen beiläufigen Klang zu geben. „Gehen wir lieber schlafen, bevor wir durchdrehen. Morgen nach dem Frühstück rufen wir deine Eltern an. Dann sehen wir weiter."

„Was ist denn hier los, das gab es ja noch nie!" Ungläubig betrachtete Rob den gedeckten Frühstückstisch, an dem die beiden Kinder fertig angezogen saßen.

Constance gähnte und setzte sich auf ihren Stuhl. „Keine Ahnung, aber daran könnte ich mich gewöhnen."

Nachdem auch Rob Platz genommen hatte, knuffte Ben seine Schwester in die Seite. „Nun sag es endlich!"

„Lass das!" Sie musterte ihren Vater und ihre Mutter. „Wir haben uns gedacht, dass wir keine Zeit verlieren sollten, deshalb haben wir eine Liste geschrieben ... eigentlich zwei Listen ... eine für Ben, eine für mich."

Die Mienen der Eltern bildeten Fragezeichen.

„Genau", platzte es aus Ben heraus, „wo wir doch jetzt Millinäre sind."

„Ach du meine Güte." Constance schlug eine Hand an die Stirn, Rob verdrehte die Augen.

„Wenn Leoni ein Pony kriegt", fuhr Ben fort, „will ich einen Hund!"

Rob und Constance begannen schallend zu lachen. Diesmal waren es die Kinder, die ihre Eltern verständnislos ansahen.

Erst beim dritten Läuten bemerkten sie das Telefon. Constance sah auf die Anzeige, bedeutete den anderen, still zu sein, und nahm das Gespräch an.

„Guten Morgen, Mama."

Ben und Leoni ballten die Fäuste und jubelten lautlos.

„Ja, ich höre ... bleib ganz ruhig und erzähle einfach." Constance hörte gespannt zu. „Aha ... verstehe ... ja ja ... und dann? Aber das ist ... nein nein, wir haben uns keine Gedanken gemacht ... das macht doch nichts ... kein Problem ... alles gut ... wir kommen heute am Nachmittag bei euch vorbei ... bis später."

Sie legte das Telefon auf den Tisch und sah Rob kopfschüttelnd an.

„Man möchte es nicht glauben!"

„Was?" Die Frage kam zeitgleich aus drei Mündern.

„Mein Vater hat die Lottozahlen von gestern mit dem Zettel verglichen, den er selbst geschrieben hat. Er hatte aber total vergessen, dass er die gezogenen Zahlen bereits eine Stunde vorher aufgeschrieben hatte. Diese notierten Zahlen hat er später mit denen abgeglichen, die in den Nachrichten genannt wurden. Deshalb stimmten die überein. Das andere Blatt mit den Zahlen, die er diesmal auf seinem Tippschein angekreuzt hatte, hat er erst heute nach dem Aufstehen gefunden."

„So ein Mist", beendete Leoni das betretene Schweigen, „ich bekomme wieder kein eigenes Zimmer!" Trampelnd verließ sie die Küche, wobei sie ihr Smartphone auf dem Tisch liegen ließ. Ben schnappte es sich. „Wenigstens kann ich jetzt zocken."

„Das ist *mein* Handy!" Leoni kam zurück und stürmte auf ihren Bruder zu. Der sprang auf und lief davon. Unter lautem Geschrei verschwanden sie im Kinderzimmer.

Rob sah Constance an und nahm ihre Hand. „Stell dir vor, wir könnten uns alles leisten, was wir wollen. Das wäre doch total langweilig, oder?"

„Allerdings!"

Die beiden küssten sich.

„Komm, lass uns frühstücken."

Helmut

Helmut saß im Flieger nach Freising und las in einer Zeitschrift. Dabei hatte er Probleme, sich zu konzentrieren. Das Fluggeräusch klang seltsam. Als ob ein Beatmungsgerät die Luft immer wieder durch die Düsen des Triebwerks pressen würde. Hörte sich nicht gut an und zerrte an den Nerven.

Ein Blick aus dem Fenster. Bäume und Einfamilienhäuser aus Wolken zogen unter den Tragflächen vorbei. Eine Landschaft in Zeitlupe.

Irgendwoher erklang eine Stimme: „Sida, Sida". Zu den Geräuschen gesellten sich unangenehme Schläge in die Seite. „Sieda, haaalloooo ... Sie da, wachen Sie auf!". Helmut öffnete die Augen und starrte in das Gesicht eines sehr bärtigen Mannes, der daraufhin zu seinem Platz, zwei Reihen weiter, zurückstapfte.

Helmuts Blick fiel nach draußen. Die Wolken hatten sich in Häuserzeilen verwandelt, an denen der Bus unbeeindruckt vorbei glitt.

Verstohlen blickte er sich um. Alle Mitfahrenden glotzten ihn an. Eine Frau in der Sitzreihe gegenüber grinste.

„Wie lange war ich denn weggetreten?", erkundigte sich der Beobachtete kleinlaut.

„Ungefähr 20 Minuten", erklärte die Angesprochene.

„Habe ich ein bisschen geschnarcht?"

Er versuchte ein Lächeln, um wieder Oberwasser zu bekommen.

„Ein bisschen?", gab sie scharf zurück. „Das ist die Untertreibung des Jahres! Vielleicht in den ersten Minuten, danach ging's richtig ab."

„Wie 'ne Kreissäge", pflichtete ein Mann von einem Sitz vier Reihen weiter hinten bei, „wie 'ne Kreissäge mit Motorschaden."

„Für mich", meldete sich der Vollbart zu Wort, „klang das wie ein Auto, bei dem man mit 100 auf der Autobahn den Rückwärtsgang einlegt."

Helmut kam sich vor wie in einem schlechten Film, doch Wegzappen ging nicht. Er tauchte so tief wie möglich in seinen Sitz.

Die lebhafte Diskussion über die Schnarchgeräusche dauerte an, bis der Bus eine Haltestelle in Freising anfuhr. Helmut richtete sich wieder auf.

„Ihr Gerede im Schlaf fand ich persönlich wesentlich unangenehmer als das Geschnarche", vervollständigte die Frau ihre Eindrücke, „gut, dass keine Kinder im Bus waren." Auf die zu erwartenden Einzelheiten wollte Helmut lieber verzichten und stürzte zum Ausgang.

Das vorzeitige Verlassen des Busses hatte ihm einen ungeplanten Spaziergang von drei Kilometern beschert, was bei seiner hervorragenden Fitness kein Problem darstellte.

Eigentlich wollte er heute das Hawaii-Hemd anziehen, das er sich während des kurzen Techtelmechtels mit einem Fitnessstudio zugelegt hatte. Aus unerfindlichen Gründen passte es nicht mehr, war wohl beim Waschen eingegangen.

Na ja, das letzte Mal, als er sportlich aktiv war, lag einige Zeit zurück, aber immerhin ging er ab und zu über das Treppenhaus zu seinem Apartment im zweiten Stock - wenn der Lift ausnahmsweise streikte.

Helmut fasste in die Jackentasche, hielt inne und zog die Hand wieder heraus. Nein, heute würde er keine Zigarette rauchen, nicht heute. Er hatte vor, in ein paar Minuten *Nichtraucher* auf dem Fragebogen anzukreuzen. Und das entsprach der Wahrheit, denn genau genommen hatte er seit gestern Abend nicht mehr geraucht.

Das Ganze war sowieso lediglich eine Formalität. Für eine Lebensversicherung benötigte er eine aktuelle Gesundheitsprüfung.

Sein Kneipenfreund Heinz hatte ihm dazu den entscheidenden Tipp gegeben:

„Der Doktor Hausmann in Freising, der macht null Probleme und drückt ein Auge zu, falls ein einzelner Wert mal 'ne Spur zu hoch ist, da kannst'de dich drauf verlassen."

Und wenn Heinz das sagte, gab es keinen Grund, daran zu zweifeln.

Helmut hatte die Hälfte des Weges zur Praxis zurückgelegt, als er sich eine kleine Verschnaufpause gönnte. Die drei Tassen schwarzen Kaffees, die er jeden Morgen auf nüchternen Magen trank, fehlten ihm. Aber kein noch so leckeres Getränk durfte sein makelloses Blutbild verfälschen.

Endlich hatte er die Praxis erreicht. Julia, die Sprechstundenhilfe, tadelte ihn mit einem vorwurfsvollen Blick für die beträchtliche Verspätung. Egal, in spätestens 30 Minuten würde Helmut hier mit einem perfekten Gesundheitszeugnis herausmarschieren und sich an der nächsten Pommes-Bude erst einmal ein Frühstück gönnen, das hatte er sich verdient. Völlig außer Atem und mit schweißnasser Stirn nahm er ein Formular entgegen und ließ sich im Wartezimmer auf einen Stuhl plumpsen, der vernehmlich ächzte.

„Wenn Sie mir bitte folgen wollen." Julia führte den Patienten in eines der Behandlungszimmer und nahm ihm Blut ab. Zumindest versuchte sie es, während sie abfällige Bemerkungen über dicke Arme machte. *Das muss eine Anfängerin sein*, dachte Helmut, *und unverschämt dazu*. Er schluckte den Protest hinunter.

„Ausziehen - bis auf die Unterwäsche!", befahl Julia, als die Spritze dann doch mit seinem Blut gefüllt war.

„Wo ist denn Doktor Hausmann?", erkundigte sich Helmut.

„Doktor Hausmann? Der ist seit über drei Jahren im Ruhestand. Frau Doktor Radowsky hat die Praxis übernommen."

„*Frau* Doktor, wieso *Frau* Doktor, ich hatte mit *Herrn* Doktor Hausmann vereinbart …" Er schnappte nach Luft.

„Die Telefonnummer hat sich nicht geändert, Sie haben wahrscheinlich nur um einen Termin gebeten und … ziehen Sie sich bitte aus, wir müssen einige Messungen machen, bevor Frau Doktor zu Ihnen kommt."

Auf einem Bein balancierend stieg Helmut aus der Hose, wäre beinahe gestürzt, konnte sich aber gerade noch abfangen.

Julia deutete auf eine Digitalwaage.

Helmut wuchtete seine viel zu großen Füße auf das Gerät und erstarrte. Mit aufgerissenen Augen glotzte er auf die Anzeige.

„Da haben wir wohl ein klein wenig geschummelt." Julia strich die von Helmut geschriebenen '98 kg´ durch und notierte '120 kg´ darüber.

„Das muss ein Messfehler sein, wann haben Sie denn die Batterien zum letzten Mal gewechselt?"

Julia ignorierte den Einwand. „Und nun hierher."

Mit dem Rücken zur Wand streckte sich Helmut, so gut es ging - vergeblich. Ein weiterer Wert wurde korrigiert. ‘177cm´ stand nun über den durchgestrichenen ‘180cm´ Körpergröße.

„Das kann nicht sein", schrie Helmut fast, „seit meinem zwanzigsten Geburtstag bin ich einsachzig groß ... "

„Ich denke, Ihren Blutdruck messen wir lieber später", blieb Julia betont ruhig, während sie zur Tür ging, „das wird Frau Doktor Radowsky dann gleich selbst übernehmen."

Diese Frau Doktor ließ nicht lange auf sich warten und kam sofort auf den Punkt, nachdem sie das Blutdruckmessgerät weggelegt hatte: „Das Blutbild bekommen wir zwar erst in zwei Tagen, aber Folgendes kann ich Ihnen bereits heute sagen:"

Vor seinem inneren Auge sah Helmut einen ICE ungebremst auf sich zu rasen.

„Offensichtlich sind Sie besonders gut darin, sich selbst etwas vorzumachen. Sie bewegen sich kaum, essen zu viel und vor allem zu ungesund. Sie wollen ein Gesundheitszeugnis für ihre Versicherung? Dann sollten Sie besser das Formular neu ausfüllen. Wissen Sie, dass Falschangaben zu einem Erlöschen der Versicherungsleistung führen können?"

„Aber Frau Doktor Ra... Ra..."

„Radowsky!" Der Name stand wie ein Ausrufezeichen vor Helmut. Er nahm seinen restlichen Mut zusammen. „Frau Doktor *Radowsky*, ich weiß das durchaus ... bitte behandeln Sie mich nicht wie ein kleines Kind!"

„Von *klein* kann bei Ihnen nicht die Rede sein."

Helmuts Gesicht lief rot an.

„Apropos Kind - wissen Sie, was ich machen würde, wenn Ihr Körper ein Kind und ich das Jugendamt wäre?"

Er wusste es nicht.

„Das Sorgerecht entziehen und ihren Leib in ein Heim einweisen - und zwar sofort!"

In Gedanken malte er sich schreckliche Details aus. Die Frage, ob er seinen Körper wenigstens ab und zu besuchen dürfte, ersparte er sich.

„Überlegen Sie sich besser, was Sie sagen. In diesem Land herrscht freie Arztwahl. Ich kann jederzeit in eine andere Praxis gehen."

„Da haben Sie ausnahmsweise recht. Viel Erfolg dabei. Ich kümmere mich jetzt erstmal um den nächsten Patienten und komme danach wieder zu Ihnen. Sollten Sie zur Vernunft gekommen sein, erhalten Sie als ersten Schritt von mir einen Ernährungs– und Fitnessplan. Dann sehen wir weiter."

Mit heruntergeklapptem Kiefer blieb Helmut zurück und überlegte.

Als er heute Morgen die Praxis betreten hatte, war er ein Mann in den besten Jahren. Nicht unbedingt schlank, höchstens ein kleinwenig untersetzt, aber auf keinen Fall fett, auf gar keinen Fall. 22 Kilo mehr, wo sollten die denn plötzlich herkommen.

Und die drei Zentimeter! Glauben die im Ernst, die können ihm einfach drei Zentimeter stehlen – was für eine Frechheit! Wenn die bereits bei so offensichtlichen Dingen manipulieren, was machen die dann bloß mit den Blutwerten, da muss man ja mit allem rechnen. *Das kann ich auf keinen Fall riskieren*, dachte Helmut und fasste einen Entschluss.

Er war als Mann in den besten Jahren mit einer Körpergröße von 180 Zentimetern in die Praxis gekommen und er würde diesen Ort als stattlicher Einsachziger verlassen. Die drei Zentimeter gönnte er ihnen nicht, die 22 Kilo dagegen konnten sie gerne behalten.

Keuchend, als würde er ein Zirkuszelt errichten, kämpfte er sich in seine Sachen, öffnete vorsichtig die Tür und schlich unbemerkt am Empfang vorbei hinaus.

Zufrieden lächelnd lehnte Helmut an einer Werbetafel, bestellte sich per Handy ein Taxi und zündete sich eine Zigarette an.

Das Leben ist so schön, resümierte er, *man muss es nur richtig genießen.*

Ausgleichende Ungerechtigkeit

Edgar Müller ist ein gläubiger Mensch.

Das war nicht immer so.

Zwar wuchs er in einer katholischen Familie in Bayern auf, wurde getauft und besuchte den Religionsunterricht. Die Eltern als gottesfürchtig zu bezeichnen, wäre allerdings stark übertrieben. Anders als bei den Großeltern auf dem Land spielte der Glaube im täglichen Leben keine Rolle. Manchmal versuchte der Vater, Edgar zum Besuch des Gottesdienstes zu bewegen, doch waren seine eigenen Kirchenbesuche zu sporadisch, um als Vorbild dienen zu können. Noch dazu konnte er nicht erklären, wozu das Ganze denn eigentlich gut sein sollte.

Sonntags geht man halt in die Kirche.

Diesen Spruch nimmt ein Erstklässler vielleicht hin, ein Pubertierender dagegen nicht mehr.

Es blieb also beim Religionsunterricht und gelegentlichen Ausflügen mit der katholischen Jugend. Kommunion und Firmung ließ Edgar zwar nur ungern über sich ergehen, aber er war damit zumindest kein Außenseiter und die vielen großzügigen Geschenke nahm er gerne an. Weitere Nachteile gab es vorerst nicht.

Ins Grübeln kam Edgar allerdings, als er sein erstes Geld verdiente.

Kirchensteuer - muss das wirklich sein?

Er rang mit sich, trat aber nicht aus.

Einige Jahre später erwies sich diese Entscheidung als Glücksfall. Eine Frau in einer Kirche zu heiraten ist deutlich feierlicher, als lediglich vor einem mehr oder weniger motivierten Standesbeamten einen Vertrag zu unterschreiben.

Außerdem durften ihre beiden Söhne einen katholischen Kindergarten besuchen. Eine klassische Win-Win-Situation sozusagen.

Das mit der gelobten ehelichen Treue nahm Edgar dann ebenso wenig ernst, wie den Glauben in eine höhere Macht.

Sein Techtelmechtel mit Kirche und Gott verlief wie bei vielen Menschen in der heutigen Zeit.

Er hatte also keinen Grund, sich weiter mit diesem Thema zu beschäftigen, bis sich in seinem fünften Lebensjahrzehnt zunehmend gesundheitliche Probleme bemerkbar machten.

Der konsultierte Arzt stellte eine niederschmetternde Diagnose. Edgars Herz war wegen einer früheren unerkannten Erkrankung bereits so stark geschädigt, dass ein Versagen jederzeit möglich war. Lediglich ein Wunder in Form eines geeigneten Spenderherzens konnte ihn noch retten.

In dieser Situation erinnerte er sich an den *lieben Gott im Himmel*. Er besuchte die Krankenhauskapelle, fiel vor dem Kreuz auf die Knie, betete und flehte um Hilfe. Dabei war er in keiner besseren Position, als ein Bankkunde, der einen Kredit möchte, ohne irgendwelche Sicherheiten bieten zu können.

Trotzdem wurde er erhört. Wenige Wochen später kam der rettende Anruf, das Wunder war geschehen. Wenn er den Eingriff überstand, würde er nie mehr an Gott zweifeln, er hatte seine Lektion gelernt.

Nun also liegt Edgar nach einer erfolgreichen vierstündigen Operation auf der Intensivstation, mit der Aussicht auf ein geschenktes zweites Leben.

Und der Herr im Himmel freut sich über die Rückkehr eines verlorenen Schäfchens. Eine erneute Win-Win-Situation.

Die Zeitungen berichten heute von einem schweren Autounfall, bei dem eine junge Frau ums Leben kam. Unerwähnt bleibt dabei, dass die alleinerziehende Mutter zweier Kinder einen Organspendeausweis bei sich trug.

Der Pflock im Kopf

Vorsichtig sperrte Anneliese die Eingangstür auf, weil sie wusste, wie gerne sich ihr Vater um diese Zeit ein Nickerchen gönnte. Sie hängte ihre Jacke an den Haken der antiken Garderobe und schlich langsam, einen Fuß vor den anderen setzend, über den hölzernen Boden ins Wohnzimmer. Wolfgang ruhte halb sitzend, halb liegend, mit geschlossenen Augen und mit auf die Stirn hochgeschobener Brille auf der Couch. In der aufgeschlagenen Zeitung neben ihm war eine Anzeige angestrichen, mit der ein Zirkus um Besucher warb.

Kurz bevor sie den Sessel erreichte, in dem sie auf das Aufwachen ihres Vaters warten wollte, trat sie auf eine Stelle, an der die Dielen unter ihrem Gewicht vernehmlich aufstöhnten.

„Bist du das, Liebes?" Wolfgang richtete sich auf, massierte seine Augen mit Daumen und Zeigefinger und setzte die Brille auf die Nase.

Ertappt verzog Anneliese das Gesicht.

„Ich war schon wach", schwindelte er, „Schön, dich zu sehen."

Nachdem sich die beiden einige Neuigkeiten erzählt hatten, runzelte Wolfgang die Stirn und sah seiner Tochter ernst in die Augen.

„Dich bedrückt doch irgendetwas."

Anneliese atmete tief durch.

„Na ja, es ist nicht wirklich schlimm … wenn man sich vorstellt, was sonst alles geschieht, aber … "

„Na los, raus mit der Sprache."

„Es ist wegen Andreas."

Wolfgang straffte sich.

„Ist etwas passiert … ist er krank?"

„Nein, keine Sorge, deinem Enkel geht es gut. Es ist nur … du weißt doch, wie sehr er das Schwimmen liebt."

„Na klar, er ist eine richtige Wasserratte. Hat er nicht bereits ein paar Schwimmabzeichen gemacht?"

„Genau, das Seepferdchen hat er bestanden und danach das Jugendschwimmabzeichen in Bronze und in Silber … war ein Kinderspiel für ihn … bis …"

„Bis …? Wollte er nicht in diesem Jahr das Abzeichen in Gold erwerben?"

„Ja. Dafür muss man mindestens neun Jahre alt sein. Er hat es gleich nach seinem Geburtstag versucht und ... es hat nicht geklappt.“

„Und wo liegt das Problem? Man kann die Prüfung wiederholen, oder?“

„Sicher, aber er traut sich nicht mehr. Die Aufgabe für das goldene Abzeichen ist echt anspruchsvoll, weißt du. Die Kinder haben verschieden lange Strecken mit unterschiedlichen Schwimmstilen hinter sich zu bringen ... teilweise mit enger Zeitvorgabe. Andreas hat das alles leicht geschafft. Dann kam das Tauchen. Man muss in maximal drei Tauchgängen drei Gegenstände aus zwei Metern Tiefe heraufholen und das innerhalb von 180 Sekunden. Und dabei ist es passiert ... er hat sich so verschluckt, dass er nicht weitermachen konnte. Die Prüfer hätten ihm einen zweiten Versuch eingeräumt, aber ... ich glaube, er hat sich geschämt, weil seine Freunde alles mit angesehen haben.“

Wolfgang fuhr sich mit einer Hand über das Kinn.

„Und er will sich nicht noch einmal anmelden?“

„Nein, das ist es ja. Er nimmt sich das wirklich zu Herzen.“

„Verstehe ... und wie kann ich dabei helfen?“

„Andreas sieht zu dir auf, du solltest mit ihm reden. Die Eltern sind da oft nicht die richtigen Ansprechpartner. Es ist etwas ganz anderes, wenn der Großvater einen Rat gibt, oder ermuntert."

Wolfgangs Blick fiel auf das Inserat in der Zeitung, dann hellte sich seine Miene auf.

„Ich hätte da eine Idee!"

Andreas konnte auf der Zuschauerbank kaum stillsitzen, als ein Elefant während der Vorstellung sein ungeheueres Gewicht, die eindrucksvolle Größe und Kraft zur Schau stellte.

Begeistert applaudierte er, als das Tier die Arena verließ.

Wolfgang beugte sich zu ihm.

„Sollen wir nachher in den kleinen Zirkuszoo gehen?"

Andreas nickte energisch.

„Darf ich den Elefanten auch füttern?"

Alle Tiere aus der Vorstellung waren zu sehen, als die wenigen Besucher zwischen den Gehegen hindurch schlenderten. Die größte Attraktion war der Dickhäuter, dessen linker Hinterfuß an einem kleinen Pflock angekettet war.

Andreas gab vorsichtig einen Apfel in den Rüssel. Ein Zirkusangestellter hielt sich zur Sicherheit in der Nähe auf.

Wolfgang legte seinem Enkel die Hand auf die Schulter.

„Hast du vorhin gesehen, wie stark der Elefant ist?"

Andreas nickte.

„Schau."

Der Großvater deutete auf den Boden.

„Der Pflock da ist ein kleines Stück Holz und steckt höchstens ein paar Zentimeter in der Erde. Kannst du dir vorstellen, wieso ihn der Elefant nicht herauszieht, und davonläuft … stark genug ist er doch?"

„Vielleicht will er gar nicht weglaufen."

„Überleg mal, Andreas. Wenn er nicht fliehen will, warum ist er dann überhaupt angekettet?"

Mit großen Augen sah sein Enkel zu Wolfgang hoch und zuckte mit den Schultern.

„Ich habe mich das lange gefragt, bis es mir jemand erklärt hat, der sich mit dem Abrichten von Tieren auskennt. Der Elefant flieht nicht, weil er seit frühester Kindheit angekettet ist."

„Das verstehe ich nicht."

„Stell dir ein Elefantenbaby an einem massiven Pfahl vor, der fest in der Erde verankert ist. Es wird ziehen und zerren, aber dieser Pfosten bewegt sich nicht. Irgendwann wird das Kleine erschöpft einschlafen und es am nächsten Tag erneut probieren. Und am darauffolgenden auch ... immer wieder ... bis das Tier eines Tages aufgibt und sich in sein Schicksal fügt."

Wolfgang ging in die Hocke.

„Dieser riesige, starke Elefant flieht nicht, weil der Ärmste glaubt, dass er es nicht *kann*. Die Erinnerung an die Hilflosigkeit hat sich in sein Gedächtnis gebrannt. Das Schlimme dabei ist, dass er diese Erinnerung nie ernsthaft hinterfragt hat. Nie wieder hat er versucht, seine Kraft auf die Probe zu stellen."

Mit feuchten Augen beobachtete Andreas das Tier.

„Er müsste es doch nur nochmal versuchen."

„Richtig. Uns allen geht es oft wie diesem Zirkuselefanten. Wir bewegen uns in der Welt, als wären wir an viele Pflöcke gekettet. Wir glauben, einen ganzen Haufen Dinge *nicht* zu können, weil wir sie ausprobiert haben und gescheitert sind."

Lange sah Andreas seinen Opa an.

„Mama hat mit dir geredet, oder?"

„Du bist ein kluger Kerl, ich bin stolz auf dich."

Die beiden umarmten sich.

„Wenn wir nächste Woche zusammen ins Schwimmbad gehen", schlug Wolfgang vor, „könntest du ein bisschen üben."

„Und es nochmal versuchen", ergänzte Andreas.

Begegnung im Badezimmer

Die Augen auf halbmast und lediglich mit einer abgewetzten braunen Lederjeans bekleidet, stand Jörg mit Waschzeug in der Hand vor der Badezimmertür.

Durch eine glückliche Fügung hatte er innerhalb eines Monats drei seiner Gemälde verkauft und gönnte sich deshalb ausnahmsweise eine Unterkunft abseits der Jugendherbergen, die er sonst in Anspruch nahm. Das Kriterium „Jugend" erfüllte er allerdings schon lange nicht mehr.

Hier hatte er immerhin ein Zimmer für sich allein - welch Luxus - das Bad musste er sich jedoch mit einem benachbarten Hotelgast teilen.

Er war einiges gewohnt. Schlafräume mit dutzenden Hochbetten, Etagenduschen, ein WC für 10 Parteien, einmal sogar ein altes Toilettenhäuschen im Hinterhof. Alles kein Problem, Hauptsache es gab die Möglichkeit, seine Bilder auszustellen, und sei es auf einem kleinen Straßenmarkt.

Trotzdem zögerte Jörg, das Badezimmer zu betreten. Wenn nun der andere Hotelgast eine Frau war und vielleicht nackt.

Er hatte es zwar nicht eilig, aber irgendwann wollte er dann doch …

Er klopfte und legte ein Ohr an die Tür.

Keine Reaktion, es war still im Raum. Er öffnete.

Das Badezimmer war leer.

Mit wenigen Schritten trat er in die Mitte und drehte sich langsam einmal um seine eigene Achse. Handtuchhalter aus Kunststoff, hölzerne Ablagen mit abgeblätterter Oberfläche, matte Spiegel, Steckdosen, die gerade noch den Sicherheitsvorschriften genügten, alles flog an ihm vorbei. Und zerkratzte Waschbecken, wie jeder Gegenstand in diesem Raum in doppelter Ausfertigung vorhanden.

Durch ein Fenster zwischen den beiden Becken warf die Morgensonne helle Lichtinseln an die gegenüberliegende vergilbte Wand.

Jörg betrachtete den wolkenlosen, hellblauen Himmel, der wie ein verwaschenes Bettlaken über der Kleinstadt hing und von dem Treppengitter der Feuerleiter in kleine Quadrate zerschnitten wurde.

Mit einem Lächeln sah er auf den Hotelparkplatz hinunter und musterte den alten, klapprigen VW-Bus, indem er seine Kunstwerke transportierte.

Jörg stellte sich vor ʻseinʻ Waschbecken, hing den Riemen mit dem Abziehleder an einen Haken, zog ihn straff und begann gemächlich, die Klinge abzuledern.

Sein Gesicht war ein Mosaik aus Furchen und Schatten, seine Haut wettergegerbt, das beneidenswert dichte Haar schwarz wie Kohlenstaub, mit Spuren von Asche an den Schläfen.

Die geschärfte Klinge legte er auf die Ablage unter dem Spiegel und verstaute den Riemen wieder in der Ledertasche, die ebenso abgewetzt war wie seine Hose.

Er fingerte Streichhölzer heraus, zündete einen Joint an und inhalierte mit geschlossenen Augen.

Das singende Wasser in den Rohren zauberte Musik an sein inneres Ohr.

Er führte den glühenden Stummel für einen letzten Zug an den Mund, als sich mit einem donnerartigen Geräusch die Tür zur Hölle auftat.

Die lieblichen Klänge in Jörgs Gedankenwelt verstummten augenblicklich. Mit nebligem Blick musterte er einen kleinen Mann jenseits der Lebensmitte, über dessen massigem Körper ein Kopf thronte, der so haarlos war, dass seine Gesichtszüge wie Linien auf einer Billardkugel aussahen. Vollständig bekleidet, sein Hals eingeschnürt von einer eng gebundenen, dunkelblauen Krawatte.

„Warum sperren Sie nicht ab, wenn Sie im Bad sind", erzürnte der sich und hob schnuppernd die Nase, „Was ist das für ein süßlicher Geruch?"

Er sprang zum Fenster und riss es auf.

„Alles cool Mann, keine Panik. Wusste nicht, dass man hier absperren muss." Jörg zelebrierte den letzten Zug und schnippte den kümmerlichen Rest des Joints nach draußen.

„Wie kann man am Morgen nur so ekelhaft wach sein?" Er rieb sich mit Zeigefinger und Daumen die Augen, die durch das Rauschmittel Landkarten aus roten Äderchen glichen.

„Schon mal was vom Rauchverbot gehört?", zischte der Angesprochene und stapfte zu seiner Zimmertür, „sagen Sie mir Bescheid, wenn Sie fertig sind."

„Ich bin übrigens Jörg", rief der hinterher und bekam überraschenderweise eine Antwort.

„Schröder, für Sie einfach Schröder!" Das Knallen der Tür war ein Ausrufezeichen.

Schulterzuckend begann Jörg, Rasierschaum anzurühren. Zu diesem Zweck gab er einen Strang von drei Zentimetern Rasiercreme in eine Keramikschüssel und ließ warmes Wasser hinein laufen. Mit einem Rasierpinsel aus Dachshaarborsten rührte er um, bis der Schaum die richtige Konsistenz hatte. Danach seifte er mit bedächtigen Streichbewegungen sein Gesicht ein.

Während er auf das Aufquellen des Dreitagebartes wartete, öffnete sich die Tür zum Nachbarraum wieder, diesmal allerdings ohne Erdbeben.

„Ich hab keine Zeit zu warten, muss zu einem Termin." Schröder platzierte Armbanduhr und Smartphone auf 'seine´ Ablage, um sie jederzeit im Blick zu behalten.

„Ist doch genügend Platz für uns beide." Mit geübtem Griff hielt Jörg die aufgeklappte Klinge mit Daumen und drei weiteren Fingern vom Gesicht weg, straffte mit der anderen Hand die Haut und führte das Messer über die Wange.

Schröder schüttelte den Kopf.

Normalerweise schlief er in einem richtigen Hotel, nicht in einer solchen Absteige. Ein Bad für zwei Gäste - untragbar.

Dummerweise hatte er vergessen, rechtzeitig zu reservieren und am Ende dieses Loch bekommen. Nachdem ihm sein Arbeitgeber die Sekretärin gestrichen hatte, musste er sich um alles selbst kümmern.

Schröder erschrak, als er sich im Spiegel sah. Das Glas war fast blind. Es hatte einen Sprung, der sich verzweigte, wie ein Riss quer durch sein Gesicht. Ein zerfetztes Bild, falsch zusammengesetzt.

Er schloss die Augen und dachte an seine Frau. Mit dem untersetzten Körper und der zu großen Nase war er kein Hauptgewinn, das war ihm klar. Aber hatte er nicht immer gut für sie gesorgt? Warum hatte sie ihn verlassen … nach mehr als 20 Jahren Ehe?

Schröder sah Jörg von der Seite an.

„Wie kann man sich bloß nass rasieren, das dauert doch ewig."

„Ist wie 'ne Teezeremonie. Solltest du auch probieren, hilft beim Runterkommen."

„Sie machen es sich einfach. Es gibt Kundentermine und einen Chef, der mir ständig im Nacken sitzt."

„Schon mal daran gedacht, dein Leben zu ändern?"

„Und den ganzen Tag bekifft durch die Gegend zu laufen, wie Sie?"

Jörg hielt inne. „Du weißt nichts von mir. Ich führe ein freies Leben als Künstler und habe nicht vor, an einem Herzinfarkt zu sterben." Er setzte seine Rasur fort.

Schröders Blick fiel auf die Uhr. „Verdammt, jetzt muss ich unrasiert zu meinem Kunden, vielen Dank auch!"

Sein Smartphone meldete sich. „Hier Schröder."

Sein Gesicht nahm die gelbliche Farbe der Wand an. „Verstehe ... da kann man dann nichts machen ... ebenfalls ... wiederhören."

Der kleine Mann ließ die Schultern hängen.

„Was ist los?" Jörg trocknete Schaumreste ab.

„Mein Termin ... abgesagt. Der Kunde hat wohl ein besseres Angebot bekommen, so ein Mist."

„Dann hast du ja genügend Zeit, dich zu rasieren."

„Das muss ich nicht mehr."

„Ach, warum das auf einmal?"

Schröder nahm die Krawatte ab und öffnete die zwei obersten Knöpfe seines Hemdes.

„War der einzige Kunde für heute."

Resigniert sah er Jörg an. „Ich bin übrigens Volker. Sag mal, hast du vielleicht noch so eine ... ich meine ...“

„Ne Tüte? Klar Mann, kein Problem.“

Mit geschickten Fingern drehte Jörg einen Joint, den Volker genießerisch rauchte.

Nach wenigen Zügen strömte die Nervosität aus ihm heraus wie Luft aus einem zu stark aufgepumpten Ballon.

Der Auserwählte

Heute, am Ende seines Lebens muss Nerkosh erkennen, dass viele Erinnerungen mehr und mehr verblassen. Gesichter von Weggefährten erscheinen vor dem inneren Auge nur noch schemenhaft.

Eine Begegnung allerdings ist ihm so präsent, als ob sie gestern stattgefunden hat und die nur zustande kam, da beide Beteiligten über eine spezielle Gabe verfügten.

Das Zusammentreffen mit einem Lebewesen, das mehr gelitten hat, als jedes andere im Universum. Hier ist seine Geschichte.

***

Die einzige befestigte Straße verlief kerzengerade durch das wüstenartige Land Lemal. Wind und Sonne hatten den Boden ausgetrocknet. Es regnete so selten, dass sich selbst die ältesten Leminen kaum an den letzten Niederschlag erinnern konnten.

Zerstörte Fahrzeuge, verblichene Skelette und achtlos weggeworfene Gegenstände aller Art säumten beide Seiten der Straße.

Die Wagen, die auf dieser Route fuhren, wurden von bewaffneten Wachen eskortiert, um Überfälle abzuwehren. Im Gegenteil kam es nicht selten vor, dass mitfahrende Wachmannschaften über die Bewohner der wenigen Gebäude herfielen, die auf ihrem Weg lagen.

Auch Krelops und seine Freunde, die täglich ums Überleben kämpfen mussten, verbargen sich vor den Durchreisenden.

Eines Tages erschien am Himmel ein riesiges Raumschiff, das die Bewohner der kleinen Siedlung aus ihren primitiven Häusern lockte. Es verdunkelte die Sonne und sank mit ohrenbetäubendem Lärm nach unten.

Krelops und die anderen sahen verwundert zu, als sich aus einer Luke des Schiffs ein nebelartiger Schleier über den Ort senkte. Bevor sie bemerkten, welche Wirkung der Nebel hatte, lagen sie bereits bewusstlos am Boden.

Krelops wurde von Greifarmen in das Raumschiff gehoben, das mit ihm in den Tiefen des Alls verschwand.

Die Zeit verging und mit ihr die Erinnerung an das außergewöhnlichste Ereignis, das sich jemals auf diesem unwirtlichen Planeten zugetragen hatte. Die Zurückgebliebenen hatten mit ihrem täglichen Überlebenskampf genügend zu tun.

Auch Krelop geriet bald in Vergessenheit.

Eines Tages tauchte eine mordlustige Horde auf, plünderten die wenigen Habseligkeiten und metzelte alle Einwohner nieder.

Wind und Wetter nagten stetig an den letzten Resten der Gebäude, die langsam unter Staub und Dreck verschwanden.

Jahrhunderte später deutete nichts mehr auf die ehemalige primitive Siedlung hin.

Krelop jedoch lebte noch immer.

Der Raum, in den man ihn gesperrt hatte, war sehr klein. Mauern, Decke und Boden waren fugenlos und einfarbig grau.

In Krelops Körper steckten Kabel und Schläuche, die in den Wänden verschwanden. Der Lemine versuchte vergeblich, sie herauszuziehen. Von Zeit zu Zeit – wenn er schlief - wurden die Anschlüsse erneuert.

Über diese Verbindungen wurde er ernährt, herkömmliche Nahrung erhielt er nicht. Seine Exkremente zerfielen auf geheimnisvolle Weise.

Nach unvorstellbar langer Zeit begann sich Krelops Kopf auszudehnen und wurde immer schwerer. Der Lemine konnte bald nur noch über den Boden kriechen und seine Not hinaus schreien.

Anfangs hatte der Gefangene befürchtet, verrückt zu werden, später den Wahnsinn herbeigesehnt - vergeblich.

Er unternahm mehrere Selbstmordversuche, die alle scheiterten.

Sein Gehirn wuchs weiter, sprengte die Schädeldecke und überwucherte nach und nach den ganzen Körper bis er blind, taub und bewegungsunfähig war. Der Haufen aus lebendem, aufgedunsenem Fleisch, bedeckt von Sensoren, Kathetern und multifunktionalen Maschinenkomponenten, wurde mit Metallklammern auf ein flaches Gestell fixiert.

Krelop spürte, wie etwas in seine Gedanken eindrang und von seinem Gehirn Besitz ergriff. Unterschwellig registrierte er den Triumph des Eindringlings. Panisch verströmte er den ganzen Hass, zu dem er fähig war, ohne jeglichen Erfolg.

Als er zum zweiten Mal übernommen wurde, reagierte Krelop sofort. „Töte mich", flehten seine Gedanken, „töte mich endlich!".

„Wir brauchen dich", antwortete der ungebetene Gast gelassen, „damit unsere Arbeit nicht umsonst ist."

„Darf ich jemals sterben?"

„Natürlich", sendete der Fremde, „aber niemand kann vorhersagen, wann das sein wird. Du bist ein ausgezeichneter Reizempfänger. Wir haben lange nach einem solchen Lebewesen gesucht."

Krelop ließ den Eindringling Verständnislosigkeit spüren.

„Wir benutzen dich als kognitive Falle."

Wieder begriff der Lemine nicht. Den weiteren Gedanken des Fremden glaubte er entnehmen zu können, dass ihre Peiniger auf ein bestimmtes Wesen warteten und dieses mit seiner Hilfe fangen wollten.

Die Zeit verging, ohne dass Nennenswertes geschah. Krelop begriff seine Aufgabe immer noch nicht. Es war nur ein schwacher Trost, dass die Peiniger ebenfalls warten mussten.

In regelmäßigen Abständen kam der Fremde zurück, um, wie er mitteilte, die Funktionsfähigkeit des Reizempfängers zu prüfen.

Lange Zeit später drang ein neues Bewusstsein in Krelop ein. Es handelte sich dabei nicht um den Unbekannten, der gefangen werden sollte, sondern um einen weiteren Peiniger. „Mein Vorgänger ist gestorben, ich nehme jetzt seinen Platz ein", erklärte er lapidar.

Eines Tages besuchte der neue Wächter Krelop früher als gewohnt.

„Es ist soweit", teilte er ihm erregt mit, „der Diplomat ist unterwegs."

Die Aufregung des Fremden übertrug sich auf den Leminen. Die unförmigen Überreste seines einstmals kräftigen Körpers zuckten unkontrolliert. Ihm war klar, dass er nicht mehr als ein hilfloses Monster war. Weder wusste er, wer dieser Diplomat war, geschweige denn warum er helfen sollte, ihn zu fangen. Er hoffte nur, bald von den schrecklichen Qualen erlöst zu werden.

Die Ankunft war ein Schock. Krelop spürte übermächtige Impulse der Panik. Er bemerkte, dass der Unbekannte sofort wieder verschwinden wollte, sich jedoch nicht vom Körper des Leminen lösen konnte. Im Gegensatz zu den Peinigern, die nie Schwierigkeiten hatten, sich aus dem Gefangenen zurückzuziehen.

Krelop schirmte sich so gut es ging von dem chaotischen Gedankenwirbel ab.

Langsam beruhigte sich der Neuankömmling, sein Verstand drängte die Emotionen mehr und mehr zurück. Suchende

Impulse tasteten nach Krelops Gehirn, dann übernahm das fremde Wesen sein Bewusstsein, las die Gedanken und analysierte alle Erinnerungen des Leminen. Es hatte so starke geistige Kräfte, dass Krelop zu keinerlei Gegenwehr fähig war. Als er wieder frei denken konnte, bemerkte er Emotionen voller Mitleid.

Obwohl er sich schämte, genoss er das Erlebniss mitfühlender Gedanken. Längst vergessen geglaubte Gefühle erwachten in ihm.

„Bist du der Diplomat?", fragte er vorsichtig.

Der Unbekannte überlegte einen Augenblick. „Nenne mich Nerkosh." Dann öffnete er einen Teil seiner Erinnerungen für Krelop.

Nerkosh befand sich auf einer Friedensmission, die ihn in dieses Sonnensystem geführt hatte. Er sollte in einem seit langer Zeit herrschenden Krieg zwischen zwei Sternenvölkern vermitteln. Die Eignung dafür hatte er einer Besonderheit seines Volkes zu verdanken. Im Abstand von vielen Generationen wurde immer wieder einmal ein Individuum geboren, das über außergewöhnliche Fähigkeiten zur Vermittlung verfügte. Als Pazifikator erkannte er die wahren Gründe, die hinter den Konfrontationen steckten und bevorzugte keine der Konfliktparteien. Er bildete eine Art Waage, auf der die verschiedenen Interessen ihr Gleichgewicht fanden. Daher wurde Nerkosh von allen Parteien respektiert.

Niemand konnte vorhersagen, wann dieser Vermittler auftauchen würde. Diejenigen, die vom Fortgang des Krieges profitierten, trafen Vorkehrungen, um die Mission zu verhindern. Sie lauerten ihm in unmittelbarer Nähe des Verhandlungsortes auf.

Nerkosh und seine Begleiter waren auf einen Angriff vorbereitet, nicht jedoch auf eine Falle wie diese.

„Warum kannst du nicht aus meinem Kopf verschwinden wie die Fremden, die mir das angetan haben?"

„Sie werden Schaltungen an den mit dir verbundenen Maschinen vornehmen, bevor sie dich besuchen."

„Was ist mit *deinem* Körper?"

„Der befindet sich als leere Hülle auf unserem Raumschiff. Meine Kameraden halten ihn am Leben, aber wenn mein Geist zu lange hier festgehalten wird, stirbt er."

„Ich hoffe so sehr auf den Tod. Ich habe geholfen, dich zu fangen, darf ich jetzt endlich sterben?" Krelops Gedanken kreisten erneut um diesen einen Wunsch.

„Ich verstehe dich", antwortete Nerkosh ruhig, „kein Lebewesen, das ich kenne, hat dermaßen gelitten wie du. Es gibt Grund zur Hoffnung. Meine Freunde werden diesen Ort rechtzeitig finden, die Maschinen zerstören, ich kann in meinen Körper zurück und du darfst sterben."

Gefühle überwältigten Krelops, seine Gedanken rasten.

Hervorragend, dachte Nerkosh. Wenn Krelops emotionale Impulse stark genug waren, wurden sie von den Gefährten geortet. Die Entfernung zu seinem Schiff konnte nicht allzu groß sein, denn eine kognitive Falle funktionierte nur auf kurze Distanz.

Der Ruck einer Explosion ging durch den verstümmelten Körper des Leminen. Nerkosh' Crew hatte ihren Aufenthaltsort gefunden und war dabei, die Anlage zu vernichten. Ein letztes Mal versuchte der Diplomat, mit Krelops in Verbindung zu treten, und riss ihn aus den Tiefen der ewigen Dunkelheit. In den verbleibenden Sekunden seines schrecklich verlaufenden Lebens kehrten dessen

Gedanken noch einmal zurück zur alten Heimat auf dem trostlosen Planeten, von dem man ihn entführt hatte. In der Rückschau erschien sie ihm wie das Paradies.

Im Hier und Jetzt empfand er Schmerzen, aber das störte ihn nicht, denn schließlich starb er den Tod, den er so lange herbeigesehnt hatte. Sein Bewusstsein war erfüllt von Erleichterung und Dankbarkeit. Dann ließen die Gehirnaktivitäten immer mehr nach, es ging zu Ende. Nerkosh spürte den nachlassenden Widerstand und kehrte in seinen eigenen Körper zurück.

Nachdem die Anlage zerstört war, setzte der Diplomat die Mission fort.

Die Konsultationen mit den Kriegsparteien gestaltete sich erwartungsgemäß schwierig und war von zahlreichen Rückschlägen begleitet.
Nach zähen Verhandlungen gelang es ihm mithilfe seiner Gabe, eine vorläufige Einigung zu erzielen. Man verständigte sich auf eine Waffenruhe und weitere Gespräche zu einem späteren Zeitpunkt.

Die Geburtstagsüberraschung

Reinhold war voller Vorfreude. Er hatte heute Geburtstag und seine Freundin wartete zuhause ganz sicher mit einer Überraschung auf ihn.

„Kommst du ausnahmsweise pünktlich zum Abendessen?", hatte Sonja ihn morgens verabschiedet. Den gereizten Ton in ihrer Stimme schob er auf ihre Nervosität, ihm an diesem Ehrentag alles recht zu machen - gutes Mädchen.

Am frühen Nachmittag nahm er sich frei - als Boss konnte er sich das erlauben. Dass er am Vormittag einer Angestellten kündigen musste, trübte seine Stimmung kein bisschen. Er hatte Mitarbeiter schon für weniger gefeuert. Der Frau half in diesem Fall nicht einmal das, weshalb sie von ihm eingestellt worden war: ihr Dekolette.

In Hawaihemd und Shorts schlenderte er durch die Fußgängerzone.

Er betrat ein Café und hielt gezielt nach weiblichen Gästen Ausschau.

„Erlauben Sie?" Ohne eine Antwort abzuwarten, setzte Reinhold sich zu einer Frau, die augenscheinlich keine Begleitung hatte.

Während er ein Stück Sahnetorte mit Cappuccino orderte, musterte er ungeniert sein Gegenüber. Ihr Haar erschien ihm eine Spur zu blond, der feuerwehrrote Lippenstift zu dick aufgetragen. Und dann diese bratenspießartigen Fingernägel ... *Na ja*, spekulierte er in Gedanken, *vor ein paar Jahren und in einem anderen Licht war sie vielleicht ganz hübsch gewesen.*

Auf jeden Fall passte sie nicht in sein Beuteschema ... besonders heute, wo Sonja ihm den Abend versüßen würde.

„Wissen Sie, was wirklich ungerecht ist?", belästigte er unaufgefordert die Blondine, bevor er sich ein großes Stück Torte in den Mund schob.

Ihr desinteressierter Blick hielt ihn nicht davon ab, die Antwort auf diese für ihn unglaublich fesselnde Frage darzulegen.

„Wenn man eine Packung Chips oder eine Tafel Schokolade mehrmals am Tag nicht anrührt, sie aber irgendwann doch aufisst, dann zählen die vielen Male, die man sie nicht verzehrt hat, nicht mehr. Ist das nicht total unfair?"

Mit der flachen Hand schlug er sich auf den Bauch und knetete seine beträchtlichen Speckrollen. „Davon können Sie sicher ein Lied singen, wenn ich Sie mir so ansehe."

Ohne ein Wort zu sagen, sprang die Frau auf und setzte sich an einen anderen Tisch.

Der Ober hatte die einseitige Konversation belauscht und murmelte kopfschüttelnd Abfälliges vor sich hin.

Reinhold wollte ihn zurechtweisen, als ihm eine Idee kam.

Dir zahle ich es heim, so über einen zahlenden Kunden herzuziehen. Du bekommst von mir ein dermaßen üppiges Trinkgeld, dass dir dein unverschämter Kopf schwirrt. Ein Monstertrinkgeld, damit du dich an mich erinnerst, lange nachdem ich dich vergessen habe. Ich werde mir mit Geld ein Denkmal in deinem Schädel errichten, du kleiner Pisser!

Nach Ausführung dieses Plans setzte er seinen Spaziergang fort.

Ein Blick auf die Uhr ermunterte ihn, sein Zuhause anzusteuern. Sonja hatte nun wirklich genügend Zeit gehabt, den Haushalt zu schmeißen, mit dem Hund Gassi zu gehen und das Abendessen vorzubereiten.

Freudig erregt sperrte er die Haustüre auf und ließ sich gespannt im Esszimmer nieder.

„Ich bin da, Schatz ... pünktlich wie die Feuerwehr!", rief er sicherheitshalber in Richtung Küche, damit sein Kommen nicht unbemerkt blieb.

Reinhold bemerkte eine Schachtel auf der Kommode, die liebevoll in Weihnachtspappe vom vergangenen Jahr eingepackt war. Sein Geschenk! Er rieb sich die Hände, dachte an seinen letzten Geburtstag ... und stutzte.

Wieso habe ich zweimal hintereinander Geburtstag und meine Frau nicht, rätselte er, *da hat sie wohl etwas vergessen.*

Der Rauchmelder in der Küche, der das Abendessen ankündigte, unterbrach die verwirrenden Gedanken.

Sonja stürmte herein und knallte einen Teller vor ihm auf den Tisch.

„Mahlzeit!"

Reinhold bemerkte ihre feuchten, geröteten Augen.

„Ist was mit dem Hund?", erkundigte er sich ehrlich besorgt.

„Du bist so ein Idiot!", gab seine Frau jede Zurückhaltung auf, „Glaubst du, ich lasse mir dein Verhalten noch länger gefallen?"

Reinhold war ausnahmsweise sprachlos. Sonja legte nach.

„Ich habe es versucht, mehr als ein Jahr, aber es hat keinen Sinn. Du bist und bleibst ein unsensibler Egoist ... von den Frauengeschichten ganz zu schweigen. Meine Freundin hatte mich vor dir gewarnt, ich hätte auf sie hören sollen."

„Ist das nicht die mit den beiden Schreihälsen?"

„Renate und Wolfgang haben zwei Kinder, richtig. Das ist auch so ein Thema, das man mit dir nicht besprechen kann." Er antwortete mit einer abfälligen Geste.

„Mir reicht es, ich ziehe aus ... das hätte ich längst tun sollen!"

Als die Haustüre lautstark zugeschlagen wurde, zuckte Reinhold kurz mit den Achseln, dann öffnete er das Paket.

Die aufblasbare Liebespuppe wurde fortan zu seiner besten Freundin.

Mein Leben als Türmatte

Die erste Empfindung, an die ich mich erinnern kann, war Neid.

„Nun sieh dir die ganzen Matten aus Fernost an", empörte sich die junge Frau in dem Teppichladen, in dem ich nach meiner Herstellung gelandet war, „gemacht von Kinderhänden, was wollen wir wetten?"

Die Art und Weise, wie *ich* entstanden war, ließ mich schaudern: Fließbänder, Automaten, eine herzlose Maschinerie.

Die Kollegen neben mir dagegen: *gemacht von Kinderhänden.* Was für ein schöner Gedanke. Zarte kleine Wesen, die jedes einzelne Teil von Hand fertigen … individuell … liebevoll …

„Und die da aus Osteuropa sind sicher voller Chemie", wurde ich aus meinen Träumen gerissen.

„Es sind nur Fußabstreifer, Jenny", entgegnete ihr Ehemann, „such dir einfach einen aus und lass uns gehen."

„Markus, schau mal." Mit Genugtuung registrierte ich, dass Jenny auf *mich* zeigte.

„Was willst du denn mit diesem Teil?", beendete Markus das kurze Glücksgefühl.

„Auf der Rückseite steht: auf Schadstoffe getestet, nachhaltig hergestellt."

„Aber der ist hässlich!"

Jenny stemmte die Hände in die Hüften. „Und 'Made in Germany', man soll schließlich unsere Wirtschaft unterstützen."

„Na gut", kapitulierte er, „Hauptsache, ich bekomme bald einen neuen Flachbild-Fernseher."

So landete ich in der dritten Etage eines siebenstöckigen Wohnhauses.

Und Markus bekam einen OLED-TV.

„Hätte eine Nummer kleiner nicht gereicht?", schimpfte Jenny, als die beiden das Gerät zur Wohnungstür schleppten, „wir haben eine Zwei-Zimmer-Wohnung und kein Filmstudio! Und außerdem ... wo willst du das Teil eigentlich hinstellen?"

Die Suche nach dem richtigen Plätzchen gestaltete sich schwieriger als erwartet. Stundenlang wurden Einrichtungsgegenstände polternd umgestellt, unterbrochen von einzelnen aber heftigen Flüchen des Paares. Währenddessen stand der Karton halb in der Wohnung, halb im Treppenhaus ... und mit seinem ganzen Gewicht auf mir.

Nach erfolgreicher Installation dauerte es drei Tage, bis sich meine gewebten Kokos-Borsten wieder aufgerichtet hatten - nicht unbedingt ein Einstand nach Maß.

Dass der Haussegen schief hing, bemerkte ich an der Heftigkeit, mit der die beiden ihr Schuhwerk an mir abstreiften. Kein Problem, es war schließlich meine Bestimmung auf dieser Welt. Und je mehr Schmutz und Sand sie hinterließen, desto glücklicher war ich. Die Stimmung hellte sich auf und alles ging seinen normalen Gang.

Wir waren zu fünft auf unserer Etage. Fünf Wohnungen, fünf Haustüren, fünf Fußabstreifer. Ein harmonisches Nebeneinander ... bis plötzlich ein schreckliches Unglück geschah. Bereits in den Tagen zuvor beschlich uns ein komisches Gefühl.

„Hast du gesehen, wie viel Dreck die auf dem armen Kerl da vorne hinterlassen haben?", machte mich meine Nebenmatte aufmerksam, „hoffentlich machen die ihn bald sauber, sonst ..."

„Du glaubst ..." Ich hatte Angst, den Gedanken zu Ende zu führen.

Die Mieter der entsprechenden Wohnung unternahmen nichts, um den Verschmutzten zu reinigen. Was für ein herzloses Pack! Es kam, wie es kommen musste, unser vorderster Kollege wurde rücksichtslos entsorgt und durch einen neuen ersetzt. Wir trauerten.

Von diesem Tag an lebte ich in ständiger Angst. Würden meine Besitzer auch die grausame Lösung wählen und mich in die Tonne treten, sollte sich auf meinem Rücken zu viel Dreck angesammelt haben. Ich wartete zunehmend besorgt, bis eines Tages ...

„Jenny", rief Markus in die Wohnung, nachdem er aufgesperrt hatte, „unser Fußabstreifer ist total verdreckt. Man muss sich schämen, wenn Gäste kommen."

„Da hast du ausnahmsweise recht", pflichtete seine Frau ihm bei, „ich werde das Problem gleich lösen."

Ohne zu zögern wurde ich hochgerissen und die Treppe hinunter getragen. Ich sah mich bereits auf einer Müllhalde verrotten und schloss mit dem Leben ab.

Im Hinterhof angekommen wurde ich hochgehoben und ... und mit einem Teppichklopfer geschlagen - immer und immer wieder. Was für eine Wohltat. Der Schmutz fiel von mir ab, ich war wie neu.

Nachdem ich an meinen angestammten Platz zurückgebracht worden war, zog ich glücklich eine Bilanz meines bisherigen Lebens.

Ich hatte die besten Besitzer der Welt, die mich nicht wegen ein bisschen Dreck einfach entsorgen würden. So wie diese Scheichs, die sich ein neues Auto kaufen, wenn der Aschenbecher voll ist. Nichts konnte mir passieren, dachte ich zumindest …

… bis eines Tages Lärm im Treppenhaus zu hören war. Eine Tür wurde zugeschlagen und ein Mann kam mit trampelnden Schritten die Treppe herab.

„Verdammter Drecksköter", schimpfte er, als er meine Etage erreichte, „kann der sein Geschäft nicht draußen machen? Denen werde ich was erzählen."

Als er an mir vorbei stampfte, sah ich den Grund seines Ärgers. Unter dem Arm trug er eine Fußmatte, die einen beachtlichen feuchten Fleck aufwies. Offensichtlich war der Nachbarshund für diese Hinterlassenschaft verantwortlich. Mitfühlend sah ich meinem Kollegen hinterher. Ein solches Malheur kann man nicht mit ein paar Schlägen rückgängig machen, sein Schicksal war besiegelt.

Gut, dachte ich, dass auf unserer Etage kein Hund wohnt. Die Besitzer des Übeltäters waren alt und benutzten immer den Aufzug, es gab also keinen Grund zu der Befürchtung, dass sie an mir vorbei kommen würden, aber ein ungutes Gefühl blieb dennoch.

Und wieder bewahrheitenden sich meine schlimmsten Ängste. Wenige Tage nach dem zweiten Todesfall in unserer Fußmatten-Gemeinschaft näherte sich das Unheil auf leisen, trippelnden Pfoten. Anscheinend hatte das Rentner-Ehepaar einen Augenblick nicht aufgepasst und schwups - ihr Langhaardackel war ausgebüchst. Langsam kam er die Steintreppe herunter und trottete direkt zur ersten Matte - meinem Nachbarn. Ein kurzes Schnüffeln, dann wendete er sich mir zu.

Lass diese Urinspritze an mir vorbei gehen, dachte ich in bester Sankt-Florian-Manier und harrte der Dinge. Und tatsächlich, der Hund watschelte zur nächsten Tür. Als er am Ende auch unseren letzten Kollegen verschont hatte, glaubten wir uns alle in Sicherheit - weit gefehlt. Diese Töle verschwand einfach nicht, sondern suchte den geeignetsten Platz für sein Geschäft. Zielstrebig kam er zu auf ... *mich*. Er hob sein Bein und alles Unglück der Welt plätscherte auf meinen Rücken.

Meine Tage waren gezählt, es gab keine Hoffnung mehr.

„Was ist denn das für eine Sauerei?", fluchte Jenny, als sie vom Einkaufen zurückkam, „das stinkt ja widerlich!"

Naserümpfend und ohne die gewohnt liebevollen Tritte stieg sie über das Malheur hinweg und knallte die Tür zu.

Das war's, dachte ich, jetzt kann mich nur noch ein Wunder retten.

Resignierend auf das Ende wartend, bemerkte ich nicht, dass das Wunder in Form eines Staubsaugervertreters bereits hinter mir eingetroffen war.

Als der Mann die Klingel betätigen wollte, riss Jenny die Tür auf.

„Wer ...?"

Ohne die Frage abzuwarten, warf der Unbekannte eine große Menge Erde, Sand und anderen Dreck auf mich.

„Gnädige Frau, darf ich Ihnen unser neuestes Modell vorführen, es wird selbst mit stärksten Verschmutzungen fertig."

Jenny schnappte nach Luft. „Was erlauben Sie sich, ich hole sofort die Polizei!"

„Keine Panik, Gnädige Frau, sollten Sie mit der Präsentation nicht zufrieden sein, können Sie immer noch ... das wird allerdings nicht nötig sein."

Routiniert spulte der Vertreter sein Programm ab. Er saugte den von ihm mitgebrachten Schmutz gründlich weg, begutachtete sein Werk und zeigte auf den Hundefleck. „Für solche Fälle ist die Nassreinigung zuständig."

Jenny beobachtete zunehmend interessiert, wie er Schaum auf die kontaminierte Stelle sprühte und mit einem Handschrubber verrieb.

„Je höher der Verschmutzungsgrad, desto länger sollten Sie unser Reinigungsmittel einwirken lassen – Ihre Fußmatte wird es Ihnen danken.

Ein letztes Absaugen und ich fühlte mich tatsächlich wie neu geboren. Jenny war beeindruckt - und ich gerettet.

Am darauffolgenden Abend entspannte sich ein lautstarker Disput zwischen meinen Besitzern. Markus erwähnte, dass der Preis des Staubsaugers unverschämt hoch sei, worauf seine Frau an die Anschaffungskosten für den neuen Fernseher erinnerte. Als alle Argumente ausgetauscht waren, kehrte angenehme Ruhe ein.

Ich für meinen Teil war mit der aktuellen Situation äußerst zufrieden.

Halloween

Lediglich mit T-Shirt und Slip bekleidet, blieb die junge Frau neben einem vermoderten Holzstapel stehen, mit aufgerissenen Augen unentwegt nach allen Richtungen sichernd. Ihr keuchender Atem bließ stakkatoartig winzige Wölkchen in die Nachtluft.

Vollmondlicht fiel durch das übriggebliebene Herbstlaub der Bäume und gab der Szenerie einen sepiafarbenen Anstrich.

Mit beiden Armen umfasste sie ihren zitternden Oberkörper und sah an sich herab. Auf der Flucht durch den Wald hatte sie sich unzählige Blutergüssen und kleine Schnittwunden zugezogen.

Plötzlich knackte hinter ihr das Unterholz. Sie stieß sich ab und stolperte in die entgegengesetzte Richtung, einem schwachen Leuchten entgegen, das sie in der Ferne zu erkennen glaubte.

Nach wenigen Minuten erreichte sie einen Weg und humpelte mit abgehackten Schritten auf ein abgelegenes Haus zu, aus dessen Fenstern flackerndes Licht drang.

Mit zitternden Beinen erklomm sie die Stufen zum Eingang und wollte an die mächtige Holztür hämmern, als diese sich wie von Geisterhand öffnete. Das knarrende Geräusch der beiden Türflügel jagte ihr kalte Schauer über den Rücken.

Blutige Fußabdrücke hinterlassend, betrat sie die Villa, in der unzählige brennende Kerzen Schatten an Wänden und der Decke tanzen ließen. An einer Seite hing ein Spiegel mit einem Sprung, der sich vielfach verzweigte. Die Frau erschrak, als sie sich darin sah. Quer durch ihr Gesicht verliefen Risse. Ein zerfetztes Bild, wie falsch zusammengesetzt. Sie blieb stehen und sah sich mehreren labyrinthischen Gängen gegenüber. Langsam drehte sie sich um und starrte in die vom Feuerschein beleuchtete satyrhafte Fratze ihres Verfolgers. Sein erhobener Arm mit der Klinge schnellte auf sie herab. Rote Spritzer klatschten wie nach einem machtvoll blutigen Niesen auf Boden und Wände. Das wehrlose Opfer schrie in letzter Verzweiflung auf, als sich der Arm erneut hob. Das palastartige Echo des Schreis wurde jäh unterbrochen ...

... als Konstantin einen Knopf auf der Fernbedienung drückte und der Player die DVD ausspuckte wie ein ungenießbares Gericht. Er rieb sich mit Daumen und Zeigefinger die Augen. Schwerfällig stand er auf, legte die Scheibe in die Hülle zurück und betrachtete stirnrunzelnd das Cover des Horrorstreifens. Dann warf der den Film in den Mülleimer. *In nächster Zeit werde ich mein Archiv ausmisten*, dachte er bei sich, *da ist erschreckend viel Schrott dabei.*

Ungeduldig sah er auf die Armbanduhr, trat auf die Terrasse und genoss die letzten Sonnenstrahlen des Tages. Axthiebe aus der Ferne hallten zu ihm herüber. Bestimmt machte jemand Holz, um es sich vor dem Ofen gemütlich zu machen. Konstantin drehte sich um und beobachtete den Rauch, der aus seinem eigenen Kamin kam.

Alles war vorbereitet - eigentlich. Trotzdem lief der Tag nicht so, wie er es sich vorgestellt hatte. Er und Sarah führten jedes Jahr am 31. Oktober ein Ritual aus. Sie bereitete ihm seine Lieblingsspeise zu, Käsespätzle mit gerösteten Zwiebeln. Anschließend kuschelten sich beide auf einem herrlich bequemen Sofa vor dem knisternden Kamin zusammen und sahen sich einen Film an.

Er stand auf Horrorfilme. Obwohl sie diese Leidenschaft nicht teilte, tat Sarah ihm den Gefallen, wenn auch zeitweise mit geschlossenen Augen. Gegen Mitternacht wurde dann eine Sektflasche entkorkt und auf Konstantins Geburtstag angestoßen. Soweit zur Theorie. Die Realität sah heute jedoch anders aus, ganz anders. Seine Frau hielt sich in der Küche auf, allerdings nicht, um das Essen zuzubereiten. Nein, sie telefonierte, und das seit geschlagenen zwei Stunden.

Konstantin ließ seinen Blick noch einmal über die Felder vor ihrem Anwesen schweifen. Herbstliche Nebelschwaden waren dabei, die sichtbare Welt zu entmaterialisieren, die Dunkelheit kam früh. Er fröstelte, schlenderte zurück ins Wohnzimmer und schloss die Terrassentür.

Auf eine Auseinandersetzung gefasst, betrat er die in freundlichem gelb gehaltene Küche. Sarah saß auf einem der Küchenstühle und hatte die Knie wie ein Rhesusäffchen bis zur Brust hochgezogen. Ihre erdnussförmigen Zehen krümmten sich um den Rand des Sitzes und bewegten sich unabhängig voneinander wie die Tasten eines elektrisch gesteuerten Klaviers. Wie er das liebte! In ihrem engen, liebesapfelroten Top und den ausgefransten Jeans sah sie verflucht sexy aus. In Konstantin wuchs die Hoffnung, der Abend könnte doch noch den gewünschten Verlauf nehmen. Fragend hob er die Arme und deutete auf die Uhr an der Wand. Mit dem Hörer am Ohr verdrehte sie ihre großartigen Augen.

„Ja, gleich.“

„Mit wem telefonierst du eigentlich?“

„Felix“, gab Sarah einsilbig zurück und versank wieder in ihr Gespräch.

Bei jedem anderen Namen hätte Konstantin eifersüchtig reagiert, aber nicht bei Felix, der in einer glücklichen Beziehung lebte ... mit einem Mann. Warum musste sie ausgerechnet an ihrem gemeinsamen Abend derart lange mit ihm telefonieren? Sie sahen sich doch sowieso alle am nächsten Wochenende, an dem Konstantins Geburtstag - wie jedes Jahr - im größeren Kreis nachgefeiert werden würde. Er goss sich ein Glas Rotwein ein, begab sich wieder ins Wohnzimmer und ließ seinen Blick durch den mit verschiedensten Pflanzen dekorierten Raum wandern. Über die Kuschelcouch, den bollernden Kamin, die Gemälde an der Wand und das Fenster. An der Innenseite der Scheibe hinterließen Tränen aus Kondenswasser streifige Spuren. Konstantin setzte sich und trank einen Schluck, als er erneut eine Axt vernahm, die mit Wucht in Holz geschlagen wurde. Diesmal wesentlich näher als vorhin. Er stellte sein Glas ab, trat an die verglaste Terrassentür und versuchte, in der inzwischen totalen Dunkelheit etwas zu erkennen. Ein weiterer Laut, so als ob ein Gegenstand zu Boden gefallen wäre, drang an sein Ohr. Nicht von draußen, sondern aus der Küche.

„Schatz, ist bei dir alles in Ordnung?"

Keine Antwort. Mit ausladenden Schritten durchquerte er das Wohnzimmer, riss die Tür auf und sah ... einen verlassenen Raum. Der Stuhl leer, das Telefon am Boden. Konstantin hob es auf und spitzte die Ohren ... nichts. Er drückte einige Tasten und hörte ... nichts, die Leitung war tot.

„Sarah!", schrie er in einem Anflug von Panik und lauschte ... nichts. Noch nie hatte er eine so laute Stille gehört.

Mit wenigen Schritten erreichte er den Flur, stolperte und schlug der Länge nach hin. Alles um ihn herum war plötzlich schwarz. Er drehte sich auf den Rücken, hielt sich den Kopf, öffnete die Augen und sah ... nichts. Totale Dunkelheit. Blind, er war verdammt noch mal blind. Wie konnte das sein? Vorsichtig tastend kroch er zum Lichtschalter und betätigte ihn mehrmals - erfolglos.

Okay, ganz ruhig, sagte er zu sich, *denk nach. Der Sicherungskasten!*

Auf allen vieren krabbelte Konstantin an der Wand entlang bis zur Gästetoilette. Als er die Klinke greifen wollte, stieß er sich den Ellenbogen an. Der Schmerz schoss in seinem Arm hoch wie eine Straße Feuerameisen. Er zwang sich zur Ruhe, zählte in Gedanken langsam bis zehn und versuchte es erneut, diesmal mit Erfolg.

Außer dem dezenten Wasserrauschen in den Rohren war nichts wahrzunehmen. In dem kleinen Raum hangelte er sich zu einem Unterbauschrank vor und wühlte so lange in den Schubladen herum, bis er eine Taschenlampe zu fassen bekam. Zum Glück hatten die Batterien genügend Saft.

Wie mit einem Laserschwert, das rhythmisch vor ihm auf und ab tanzte, nahm er die Treppe in den Keller, riss den Sicherungskasten auf und starrte ... in leere Sockelgewinde. Alle Schraubsicherungen fehlten. Konstantins Augen weiteten sich, das Herz hörte einen Moment auf zu schlagen, um dann wie rasend gegen die Brust zu hämmern, als wollte es sich aus seinem Gefängnis befreien. Er schluckte, um dem Mageninhalt den Rückweg abzuschneiden, den dieser bereits über die Speiseröhre angetreten hatte. Verzweifelt versuchte er, sich zu beruhigen.

Die Eindringlinge sind auf jeden Fall gut organisiert, wie eine osteuropäische Gang. Was ist nur mit Sarah?

Endlich hatte er sich wieder einigermaßen unter Kontrolle. *Ich brauche mein Handy ... es liegt auf der Ablage neben der Eingangstür.*

Auf Zehenspitzen schlich Konstantin die Stufen hinauf ins Erdgeschoß und kroch auf allen Vieren so lautlos wie möglich in Richtung Haustür. Der Lichtkegel seiner Lampe wanderte über die Holzbeine der Garderobe, den rot-blauen Läufer, mehrere Paare Sportschuhe unter dem Vorhang zum begehbaren Schrank, den Schirmständer ...

Moment mal ... zurück ... *mehrere* Sportschuhe?

Mit offenem Mund starrte er auf die korrekt gebundenen Schnürsenkel und die mit Jeans bekleideten Beine, die aus diesen Tretern herauswuchsen. Er schnappte nach Luft wie ein Fisch auf dem Trockenen. Die Taschenlampe fiel aus seiner Hand, rollte auf die Eindringlinge zu und wurde von einem der Schuhe gestoppt.

„Alles klar", ertönte eine kräftige Männerstimme, „Sicherung rein, Licht an!"

Geblendet schloss Konstantin die Augen. Blinzelnd erkannte er mehrere von Horrormasken verhüllte Personen, die einen Kreis um ihn bildeten. Eine Gestalt beugte sich zu ihm hinunter. „Jetzt bist Du fällig!"

Langsam nahm derjenige die Maske ab und Konstantin sah in das Gesicht von ... Felix.

„Happy Halloween, mein Freund."

Nach und nach legten alle Vermummten ihre Verkleidung ab und klopften ihrem fassungslosen Opfer auf die Schulter. Sarah erschien mir einer Torte, auf der die liebevoll drapierte Zahl 40 thronte.

„Herzlichen Glückwunsch zu deinem runden Geburtstag, Schatz. Und später möchten wir mit dir zusammen einen Film anschauen."

Als alle in schallendes Gelächter ausbrachen, ließ Konstantin sich auf den Rücken fallen, schüttelte den Kopf und schlug die Hände vor das Gesicht. „Das darf nicht wahr sein!"

Der Ausflug

„Sind Sie frei, junger Mann?", erkundigte sie sich und klopfte mit ihrem Gehstock an einen Reifen des ersten Fahrzeuges in der Reihe.

„Ganz zu Ihren Diensten, gnädige Frau."

„Nicht so förmlich, sagen Sie einfach Josefine zu mir."

„Aber gerne, nehmen Sie Platz, Josefine, hier ..." Er griff nach einem ihrer dünnen Arme und bugsierte sie vorsichtig auf den Sitz. „Ist es bequem so?"

„Perfekt, Sie sind also heute mein Fahrer." Sie musterte ihn und legte die Stirn in Falten. Ich glaube, wir kennen uns noch nicht ... wie heißen Sie denn?"

„Frank, bin erst seit einer Woche im Dienst."

Mit Augen, die auf eine innere Landschaft blickten, sah sie ihn an. „Das ist ein schöner Name."

„Wohin darf ich Sie fahren, Josefine?"

„Es gibt da einen Park ganz in der Nähe. Früher bin ich selbst gelaufen, aber heute!" Sie hielt ihren Stock hoch. „Leider ist mir die Adresse entfallen", ergänzte sie, während sie sich mit einem Finger an die Stirn klopfte, „Können Sie jemanden nach dem Weg fragen?"

„Das ist nicht nötig, ich kenne den Park."

Wenige Minuten später hatten sich die beiden auf einer Bank niedergelassen.

„Sehen Sie!"

Frank drehte den Kopf und schaute in die Richtung, in die Josefines mit Altersflecken übersäter Arm wies. Ein paar Leute hatten mit Jacken und Taschen auf einer Wiese zwei Tore markiert und ein Fußballspiel improvisiert. Nebensächlichkeiten wie Technik oder Fitness waren diesen Sonntagskickern dabei völlig egal.

„Hier bin ich in den Ferien jeden Tag gesessen und habe meinem Sohn zugesehen. Fußball war seine große Leidenschaft. Später spielte er in einem Verein. Wir kennen alle Sportplätze in der Gegend."

Sie klatschte in die Hände und sonnte sich in der Wärme ihrer Geschichte.

„Was macht Ihr Sohn heute, wenn ich fragen darf?", erkundigte Frank sich.

„Ach wissen Sie, als Architekt ist er ständig unterwegs, vor allem im Ausland. Er schreibt mir regelmäßig. Erst letzte Woche kam eine Karte von ihm ... aus Amerika. Und Sie, seit wann fahren Sie Taxi?"

„Taxi?" Verdutzt sah er Josefine an und versuchte vergeblich, ihren Blick festzuhalten, der so gerne Umwege machte.

„Ich bin gelernter Konditor, mache ein freiwilliges soziales Jahr ... in der Klinik."

„Klinik? Sie meinen das Krankenhaus auf der anderen Seite des Parks. Das kenne ich. Mein Mann ist hier gestorben. Wir waren über 50 Jahre verheiratet."

„Tut mir leid, das zu hören, Josefine."

„Ach, das muss es nicht, die Leute im Altersheim kümmern sich rührend um mich."

Dr. Derner schloss den weißen Arztkittel um seine massige Körpermitte, nachdem der Heißhunger ihn aus dem Büro getrieben hatte.

Der summende Automat im Aufenthaltsraum war jederzeit bereit, kalorien-, fett- und koffeinreiche Leckereien an das medizinisch geschulte Personal abzugeben. Der Doktor kannte die Folgen der Gelüste, war aber gescheit genug, ab und zu eine Ausnahme zu machen.

Seine Augen suchten das reichliche Angebot ab und blieben an einem Schokoriegel hängen.

Während er den Zuckerspiegel wieder auf Vordermann brachte, öffnete sich die automatische Kliniktür.

„Hallo Josefine", begrüßte Dr. Derner seine Patientin, „wie war ihr Ausflug?"

„Ein herrlicher Tag. Frank war wirklich charmant. Wissen Sie, er ist Zivi und arbeitet in dem Krankenhaus um die Ecke. Und um etwas dazu zu verdienen, fährt er Taxi."

Der Mediziner warf Frank, der Josefine vor einer Zimmertür aus dem Rollstuhl half, einen wissenden Blick zu.

„Freut mich, dass Sie einen schönen Tag hatten. Ruhen Sie sich aus, in einer halben Stunde wird Ihnen Ihr Abendessen gebracht."

Bevor sie die Tür hinter sich schloss, drehte die alte Dame sich noch einmal zu Frank um. „Sie erinnern mich an meinen Sohn."

Ein Lächeln huschte über ihr Gesicht. Dabei sah sie zerbrechlich und schutzlos aus. Man konnte beinahe die perforierten Reißlinien in ihren Gesichtszügen sehen, wie feine Haarrisse in einer antiken Vase. Ein falsches Wort, ein einziger Stupser mit der bitteren Wahrheit und das Ganze würde in tausend Scherben zerspringen.

„Josefine war bereits Patientin in unserer Klinik, als ich hier angefangen habe."

In seinem Büro saß Dr. Derner Frank gegenüber.

„Am Anfang gab es durchaus Hoffnung auf Besserung."

„Warum ist sie in diesem Zustand?", wollte Frank wissen.

„Vor vielen Jahren gab es einen Brand in ihrer Wohnung. Ihr Mann und der einjährige Junge kamen dabei ums Leben. Josefine war an dem Abend nicht zu Hause."

„Aber sie hat mir heute von ihrem erwachsenen Sohn erzählt und von dem Ehemann, der erst vor wenigen Jahren verstorben ist."

Dr. Derner versuchte, die richtigen Worte zu finden.

„Menschen, die Schreckliches erlebt haben, versuchen auf ihre Weise, damit fertig zu werden, um weiterleben zu können. Manche schaffen das nur, indem sie eine eigene Welt in ihrem Kopf erschaffen."

„Das heißt," folgerte Frank, „die Geschichten über den Sohn und seinen Vater sind erfunden."

„In gewisser Weise schon, allerdings glaubt Josefine felsenfest daran. Die Erinnerung hat sie mehr und mehr betrogen. Bis aus der Lüge ihre Wahrheit geworden ist."

„Gibt es nicht Möglichkeiten, das zurückzudrehen?"

„In diesem Fall habe ich alles versucht, was Medizin und Psychologie hergeben - ohne Erfolg. Die schlimmen Erlebnisse hat Josefine in einem Kästchen ihres Gedächtnisses weggesperrt. Den passenden Schlüssel hat sie vor langer Zeit entsorgt."

„Sie machte einen glücklichen Eindruck, als ich mit ihr im Klinikgarten war."

„Warum sollte man sie quälen und an das Unglück erinnern. Wir haben uns entschlossen, die kurze Zeit, die ihr auf dieser Welt noch bleibt, so angenehm wie möglich zu machen."

Dr. Derner beugte sich nach vorne und sah seinem gegenüber eindringlich in die Augen.

„Wissen Sie, warum der heutige Ausflug etwas ganz Besonderes für Josefine war? Ihr kleiner Sohn hieß auch Frank.“

Später am Abend wollte Dr. Derner nachsehen, ob die alte Dame gegessen habe. Er fand sie vor mit einem Lächeln im Gesicht, allerdings in einem Zustand, in dem irdische Nahrung nicht mehr nötig war.

Galgenfrist

Als im Dorf ein Hahn den neuen Tag begrüßte, lag Joshua immer noch wach und starrte an die Decke des karg eingerichteten Raumes. Bei dem, was ihn heute erwartete, war an Schlaf nicht zu denken.

Er erhob sich von der quietschenden Pritsche, trat unter das kleine, vergitterte Fenster und stellte sich auf die Zehenspitzen. Die ersten Sonnenstrahlen bahnten sich ihren Weg und wärmten sein Gesicht.

Er schloss die Augen und dachte an frühe Kindheitstage.

Oft hatte er sich vor dem Morgengrauen auf den Dachboden geschlichen, einen alten Stuhl unter der kleinen Luke erklommen und das erste Licht des neuen Tages erwartet, als würde die Sonne nur wegen ihm aufgehen. Bis seine Mutter zum Frühstück rief. Diese warmherzige Frau, die von Vater liebevoll *Honey* genannt wurde, beklagte sich nie über die tägliche, schwere Arbeit. Kurz nach Joshuas sechstem Geburtstag starb sie. In ihrem Todeskampf tauschte sie ihr Leben gegen das ihrer neugeborenen Tochter Emily, die fortan der wichtigste Mensch für Joshua werden sollte.

Er öffnete die Augen, setzte sich wieder auf die Pritsche und wartete. „Was soll nur aus meiner kleinen Schwester werden?", flüsterte er und vergrub das Gesicht in seinen Händen.

Eine Stunde später betraten zwei Männer die Zelle, fesselten ihm die Arme hinter dem Rücken und führten ihn hinaus. Der Ältere, früher ein angesehener Schmied, schaffte die schwere handwerkliche Arbeit nicht mehr. Seitdem half er als Geschworener bei Gericht aus. Auch an dem Verfahren gegen Joshua, in dem nach nur einem Tag ein einstimmiges Urteil gefällt wurde, nahm er teil.

Der Zweite, eigentlich im wehrfähigen Alter, konnte zu seiner Verbitterung wegen eines angeborenen Gebrechens der *gerechten Sache* nicht dienen. „Geschieht dir recht, du Verräter!", zischte er dem Gefangenen beim Verlassen des Gefängnistrakts zu.

Die Hinrichtung war für Mittag angesetzt. Man gönnte dem Verurteilten keinen Schatten und fügte so dem Todesurteil eine beachtliche Prise Folter hinzu.

Wenn nur seine Eltern hier wären. Die Vollstreckung des Urteils hätten sie zwar auch nicht verhindern, ihm aber zumindest beistehen können. Andererseits empfand Joshua

Erleichterung, dass sie diesen Tag nicht mehr erleben mussten.

Schweiß rann über sein Gesicht. Er sehnte das Ende herbei.

Joshua schloss die Augen und erinnerte sich an den Beginn dieses verdammten Krieges, der alles verändert hatte.

Er war fast vierzehn Jahre alt, als sein Vater den Einberufungsbefehl erhielt. Anfangs gab es genügend Freiwillige. Joshuas bester Freund Ethan hatte sich sofort gemeldet, wurde jedoch abgelehnt. *Zu jung, um ins Gefecht zu ziehen,* hieß es damals. Ethan war furchtbar enttäuscht. Doch schon kurze Zeit nach Kriegsbeginn sah die Sache anders aus. Der erhoffte schnelle Sieg stellte sich nicht ein, hohe Verluste schwächten die eigenen Truppen, Verstärkung wurde dringend benötigt. Nun griff man auch auf Männer wie Joshuas Vater zurück, die sich nicht freiwillig zur Verfügung gestellt hatten. Joshua erlaubte man, sich um Emily zu kümmern. Ethan dagegen, ein Jahr älter als sein Freund, durfte endlich dem Vaterland dienen.

Am Abend bevor die neuen Soldaten abmarschierten, präsentierte Ethan mit stolzgeschwellter Brust Uniform und Waffen, wobei er von bevorstehenden Heldentaten schwärmte.

So zogen Joshuas Vater und Ethan gemeinsam in die Schlacht. Der Eine gezwungenermaßen, der Andere aus Begeisterung.

Wie Ethan versprochen hatte, schickte er jede Woche einen Brief. Die ersten Berichte klangen euphorisch. Ihm gefiel das Soldatenleben, kleine Erfolge stellten sich ein. Dann trafen die Nachrichten seltener ein, Ernüchterung war zwischen den Zeilen zu erkennen. Als die Mitteilungen ganz ausblieben, rechnete Joshua mit dem Schlimmsten, Gerüchte über eine Verwundung kamen ihm zu Ohren. Ein halbes Jahr nach dem Aufbruch kam Ethan in sein Dorf zurück, desillusioniert und schwer verletzt. Bei einer Explosion hatte er eine Hand verloren.

Die Sonne hatte inzwischen ihren Höchststand erreicht. Joshua öffnete die Augen und sah zu der Holzkonstruktion, an der sein Leben in wenigen Minuten enden würde.

Jemand versetzte ihm einen Stoß, er stolperte die Treppe hinauf. Schaulustige aus dem Dorf fanden sich ein.

Der ehemalige Schmied verlas das Urteil. Wie durch einen Nebel nahm Joshua nur Wortfetzen wahr: „Deserteur … Verräter … Dieb … Tod durch den Strang."

Er schloss die Augen und kehrte in Gedanken zurück zu dem Tag, an dem sein Vater nach über zwei Jahren lebensgefährlich verletzt aus dem Krieg heimgekehrt war.

Einzig die Hoffnung, Emily und Joshua noch einmal zu sehen, hatten ihn am Leben gehalten.

Drei Tage pflegten sie ihn, dann spendete der Pfarrer die letzte Ölung. Auf dem Sterbebett redete der Vater Joshua ins Gewissen. Er solle sich um seine Schwester kümmern und auf keinen Fall in die Schlacht ziehen. „Es dauert nicht mehr lange, bis dieser Wahnsinn vorbei ist … nimm dich in Acht!".

Kurz nach der Beerdigung erhielt nun auch Joshua den Einberufungsbefehl. Emily sollte auf einem benachbarten Hof unterkommen. Verweigerung hätte unumstößlich die Todesstrafe wegen Fahnenflucht und Vaterlandsverrat zur Folge.

Joshua sah keinen anderen Ausweg und floh mit seiner zehnjährigen Schwester in den Wald, um das Ende des Krieges abzuwarten. Um nicht zu verhungern, stahl er Hühner von naheliegenden Höfen. Einige Zeit blieb er dabei unentdeckt, wurde schließlich doch ertappt, angeklagt und sofort verurteilt.

Das dicke Seil umschloss seinen Hals. Er stand auf den Holzplanken direkt über dem Abgrund und sah zum Wald, in dem Emily sich immer noch versteckt hielt und auf ihn wartete.

Ein knapper Befehl und jemand löste die Verriegelung. Der Bretterboden klappte nach unten weg und Joshua baumelte am Strick über dem Steilhang. Da er nicht auf einem Hocker oder Stuhl gestanden hatte, war die Fallhöhe zu gering, um ihm sofort das Genick zu brechen. Stattdessen zappelte er hilflos an dem Seil, das ihm die Luft abschnitt und ihn langsam erstickte.

Er sah in den Himmel, die sengende Sonne blendete ihn, ein letztes Mal schloss er die Augen.

Kurz vor der Bewusstlosigkeit holte ihn ein lautes Knacken zurück. Der Balken brach an der Stelle auseinander, an der das Seil hing. Das rutsche vom restlichen Holz herunter und stürzte mit Joshua in die Tiefe. Der unten flacher werdende Abhang und die Vegetation milderten den Aufprall.

Joshua rappelte sich auf. Mit geknebelten Händen rannte er über ein Feld auf die Bäume zu.

Im Unterholz blieb er stehen und drehte sich um. Seine Verfolger kämpften sich die letzten Meter zur Ebene hinunter.

Er schöpfte neuen Mut und eilte weiter zu ihrem ehemaligen Versteck, wo er Emily jedoch nicht antraf.

Erschöpft lehnte er sich an einen Baum. Die erbarmungslose Sonne und die anstrengende Flucht forderten ihren Tribut, außerdem hatte er seit Stunden nichts mehr getrunken. Als er weiterlaufen wollte, glaubte er, eine Stimme zu hören. „Josh ... hier!". Er schüttelte den Kopf, traute seinen Sinnen nicht. „Josh, ich bin es - Ethan."

Der kam hinter einem Baumstamm hervor.

Joshua stolperte auf Ethan zu. „Du bist es wirklich ... was ist mit Emily ... wo ist sie ...?"

„Eins nach dem anderen", entgegnete er, schnitt die Fesseln durch und gab dem Freund eine Flasche Wasser, die dieser gierig leerte. „Hast *du* etwa den Galgen ...?" Ethan grinste breit, wurde aber sofort wieder ernst. „Ich will nicht mehr kämpfen. Diese angeblichen Heldentaten ... Lügen, nichts als Lügen! Ich habe im Krieg keine Helden gesehen, nur Tod und Verzweiflung."

Entfernte Stimmen erklangen. „Du musst weiter, sie kommen." „Und Emily ...?" Joshua rührte sich nicht. „Lauf zum See, vertrau mir." „Ethan, wie kann ich dir nur danken?" „Schon gut, beeil dich!"

Joshua spurtete los, erreichte das Gewässer und suchte hektisch die Umgebung ab, bis ein kleines Boot aus dem Gebüsch ins Wasser glitt. Erleichtert umarmten sich die Geschwister. „Wo sollen wir hin?", fragte Joshua, während er einstieg. „Wir müssen das andere Ufer erreichen", drängte Emily, „du wirst sehen, alles wird gut." Sie stieg ebenfalls ein und ruderte mit kraftvollen Schlägen los.

Erleichtert, aber völlig erschöpft erlaubte ihr Bruder sich eine Verschnaufpause, lehnte sich zurück und sah in den Himmel. Die wie ein Bergmassiv aufgetürmten Wolken verschwammen ihm. Er blinzelte, schloss kurz die Augen und sah wieder nach oben.

Die sengende Sonne blendete ihn, er zappelte hilflos am Galgen, bekam keine Luft mehr. Ein letztes Aufbäumen, dann hatte seine Qual ein Ende.

Hanno

In der Tür blieb der Junge stehen und lies seinen Blick durch das Innere des Wirtshauses und über die spärlich besetzten Tische schweifen.

Ein Kalender an der Wand wies den aktuellen Tag als den 2. Juni 1949 aus.

Durch die trüben Fensterscheiben warf die Sonne verschwommene Lichtinseln auf den Fußboden.

„Mach die Tür zu", befahl die Bedienung, eine hagere Frau mit grauen Haaren, deren Gesicht ein Mosaik aus Furchen und Schatten war. Ihre Stimme klang wie verwässerter Scotch.

Hastig kam er der Aufforderung nach und trat ein.

„Was willst'n hier, bei uns gibt's keine Almosen … müssen selber schauen, wie wir über die Runden kommen."

„Ich hab Geld."

Stolz hielt ihr der Junge eine Ein-Mark-Münze hin.

„Wo hast'n das her?"

„Hab 'ne Extraschicht eingelegt … beim Bauern."

Schlagartig hellte sich die Miene der Bedienung auf. Sie reichte ihm die Hand, ihr Druck war erbarmenswert schwach.

„Wenn das so ist ... dann setzt dich."

Sie führte ihn zu einem leeren Tisch und wartete, bis er sich gesetzt hatte.

„Was darf's denn sein?"

Sie schaute ihm ins Gesicht, auf die dünnen Lippen und den felsigen Grat seiner unteren Zahnreihe.

Hanno deutete auf eine handbeschriebene Tafel, auf der *Schweinebraten mit Kartoffeln für 1 Mark* stand.

„Zu Trinken?"

Der Junge blickte auf die Münze, zog die Augenbrauen zusammen ... und schüttelte den Kopf.

„Wird gemacht."

Die Bedienung verschwand in der Küche.

Der Bub bemerkte einen gut gekleideten Gast an einem der Nebentische, der ihn von oben bis unten musterte. Es handelte sich um einen Mann mittleren Alters, in dessen Augen Unternehmungslust und Intelligenz funkelten. Verlegen sah der Junge auf seine Hände.

Kurze Zeit später wurde ein üppig gefüllter Teller vor ihn auf den Tisch gestellt.

„Guten Appetit der Herr."

Gierig sah er auf den Schweinebraten, nahm rasch das Besteck ... und zwang sich, langsam und bedächtig zu essen, wobei er jeden Bissen sichtlich genoss. Auf dem Gesicht des Mannes, der ihn die ganze Zeit beobachtete, erschien ein Lächeln.

„Hat's geschmeckt?" Seine Stimme war tief und melodisch wie der Klang eines Cellos.

Der Junge nickte verlegen.

„Wie heißt du denn?"

„Hans Joachim ... alle nennen mich Hanno."

„Und wie alt bist du?"

„Zwölf ... nächsten Monat."

„Hast mächtig Hunger gehabt."

Verlegen nickte der.

„Und ... satt geworden?"

Fragend sah Hanno hinüber, dann schüttelte er den Kopf.

„Ich mach dir 'nen Vorschlag. Wenn du eine zweite Portion von dem Schweinebraten verdrückst, geht die ganze Rechnung auf mich und ich spendiere dir einen Spezi dazu ... was meinst du ... schaffst du noch einen Teller?"

Hannos Blick lief kreuz und quer über die Tischplatte, bevor er energisch nickte.

„Komm, setz dich zu mir."

Gänsehaut begann auf Hannos Armen zu prickeln.

„Ich möchte lieber hier sitzen bleiben", sagte er leise, aber entschlossen.

„Wie du willst ... hast ja recht ... man muss sich vorsehen."

Er winkte der Bedienung.

„Traudl ... noch eine Portion für meinen jungen Freund hier ... und einen Spezi ... einen großen!"

Als Traudl den zweiten Teller brachte, beugte sie sich zu Hanno hinunter und flüsterte ihm ins Ohr.

„Du brauchst keine Angst zu haben, ich kenne den Mann gut. Er ist ... im Krieg musste er ins Ausland ... jetzt handelt er mit allem, was die Leute brauchen ... ist 'ne ganze Menge. Hat selber eine schlimme Zeit durchgemacht und seitdem ein sicheres Gespür, wer ein guter Mensch ist und wer nicht. Der will nichts von dir, glaub mir."

Nicht restlos überzeugt zwang sich Hanno zu einem Lächeln.

Obwohl er bei den letzten Stücken zu kämpfen hatte, verdrückte er die komplette zweite Portion. Zufrieden hielt er sich den Bauch und trank das Glas mit dem erfrischenden Spezi in einem Zug leer.

„Zuhause gibt's wohl nicht viel zu essen, oder?"

Hanno schüttelte den Kopf.

„Auf jeden Fall hast du deinen Teil erfüllt und ich bezahle … gratuliere!"

„Vielen Dank, Herr … auf Wiedersehen."

Er sprang auf und wandte sich zum Gehen.

„Wohin so eilig?"

„Hab ein Vorsingen … in der Schule."

Dann verschwand er nach draußen.

Fragend hob der Händler seine Hände in Richtung der Bedienung.

Die räumte den Tisch ab. „Das Kind, das am besten singen kann, darf auf dem Jahresabschluss ein Lied vortragen."

„Aha, ich drücke diesem Hanno die Daumen, dass er genauso gut singt, wie er isst. Traudl, bring mir die Rechnung bitte … und eine Zigarre … eine von den Guten!"

Hanno hatte sich herausgeputzt. Das Hemd und die Hose, das er sonst nur zu den wichtigsten christlichen Feiertagen tragen durfte, waren fast wie neu.

Die Schuhe hatte er mit dem Rest Schuh-Pommade gewachst, den seine Mutter finden konnte, bis sie glänzten wie die schwarze Billardkugel, die er in einer der Kriegsruinen gefunden hatte.

Alles war perfekt. Hanno wartete im hinteren Teil der notdürftig renovierten Schulhalle, bis er aufgerufen wurde.

Als die Rektorin seinen Namen vorlas, atmete er tief durch und machte sich auf den Weg zur Bühne, vorbei an den bis auf den letzten Platz belegten Stuhlreihen.

Seine Mutter hob aufmunternd beide Daumen und nickte ihm stolz zu.

In den ersten Reihen saßen die Mitschüler. Auch Bettina, die von allen Betti genannt wurde, hatte sich eingefunden, starrte stur geradeaus und würdigte ihn keines Blickes.

Ein triumphierendes Lächeln schlich sich auf Hannos Gesicht, als er sie erblickte. Sie war es, die bei den letzten beiden Feiern zum Abschluss des Schuljahres singen durfte, als er den zweiten bzw. dritten Platz belegte.

Nicht in diesem Jahr! Hanno hatte geübt, mehr als je zuvor, und es geschafft. Alle Lehrer bestätigten ihm eine wunderbare Jungenstimme.

Heute war sein Tag.

Er, der ein ruhiger, eher schüchterner Schüler war, platzte vor Stolz und Selbstbewusstsein.

Als er die wenigen Stufen zur Bühne hinauf stieg, musste er an den Opernsänger Peter Anders denken, von dem ihm sein Großvater oft erzählt hatte und an die Schellackplatte, die er damals hören durfte. „Das war ein Auftritt an der Bayerischen Staatsoper in München, 1938", pflegte sein Opa dabei immer zu sagen. Der Applaus am Ende der Aufnahme hatte Hanno enorm beeindruckt.

Einen solchen Beifall werde heute ich bekommen, dachte er, als er sich an den Rand der Bühne stellte und in die erwartungsvollen Gesichter der Zuhörer blickte.

Er schloss die Augen, atmete tief durch und öffnete den Mund, aus dem nur ein Krächzen kam.

Hanno räusperte sich und setzte erneut an.

Wieder lediglich ein heiserer Abklatsch seiner Stimme.

Hilflos sah er zur Musiklehrerin, die neben der Bühne stand. Schnell reichte sie ihm ein Glas Wasser.

Unter den Zuhörern machte sich Unruhe breit, einige Gäste begannen zu tuscheln.

Hanno trank in kleinen Schlucken, nahm allen Mut zusammen und versuchte es erneut.

Mehr als ein schnarrendes Geräusch war seinem Mund jedoch nicht zu entlocken.

Da wurde es ihm klar. Es war keine Erkältung. Nein, der Stimmbruch hatte sich eingestellt … und das ausgerechnet heute.

Er sprang von der Bühne, umkurvte die lachende Betti, und sprintete an den anderen Mitschülern und zahlreichen Gästen vorbei zum Ausgang. Mit Mühe und Not unterdrückte er Tränen, die machtvoll aus seinen Augen drängten. Diese weitere Schmach wollte er sich ersparen und schaffte es, sie so lange zurückzuhalten, bis er den Saal verlassen hatte und die Straße hinunterlief … weg vom Ort des Grauens.

Betti kam unerwartet zu ihrem Auftritt. Zum dritten Mal hintereinander sang sie das Abschlusslied. Natürlich nicht, ohne ihr aufrichtiges Bedauern über das Missgeschick ihres Mitschülers auszudrücken. Jeder im Saal wusste, was sie wirklich empfand, denn ihr schauspielerisches Talent konnte mit ihren Gesangskünsten nicht annähernd mithalten.

Hanno brauchte lange Zeit, um den Schock zu verdauen. Seine Stimme kam zurück, allerdings hatte ihr neuer Klang nichts mehr mit der reinen Jungenstimme gemeinsam, die ihn einzigartig gemacht hatte.

Das nächste Schuljahr begann, die Mitschüler tuschelten noch eine Weile, aber Hanno verlor kein Wort mehr darüber. Irgendwann ging der Schulalltag seinen gewohnten Gang.

Eine Bühne betrat Hanno allerdings nie mehr.

Entscheidung aus Liebe

„Mama ist tot, stimmts?" Der sechsjährige Thomas ließ unentwegt Spielzeugautos gegeneinander krachen.

Gerhard ging in die Hocke und strich seinem Sohn zärtlich über die Haare. „Deine Mama ist vom Fahrrad gefallen und hat sich am Kopf verletzt, aber sie ist nicht tot. Sie schläft ganz tief, das nennt man Koma. Ihr Körper versucht, sich dadurch selbst zu heilen."

„Sie hat mich angeschaut, Papa." Mit feuchten Augen blickte er seinen Vater an.

„Du meinst ... nach dem Unfall, als sie am Boden lag?"

„Sie hat mich direkt angeschaut, aber ... sie war nicht da ... das war nicht Mama."

Gerhard hatte Mühe, seine Tränen zurückzuhalten.

„Die Ärzte tun alles, was sie können. Sie braucht Ruhe, um gesund zu werden ... denk an Dornröschen."

„Aber", schrie Thomas, „Dornröschen hat *hundert Jahre* geschlafen!"

Zwei Tage später hatte sich Michaelas Zustand soweit stabilisiert, dass sie aus der Intensivstation verlegt werden konnte. Der Doktor brachte Gerhard und seine Schwiegermutter auf den neuesten Stand.

„Abgesehen von den Schwellungen im Gesicht ist sie physisch völlig gesund. Trotzdem hat sie das Bewusstsein noch nicht wiedererlangt."

„Wie lange kann so etwas dauern?", erkundigte Rosa sich.

„Manche Patienten wachen nach wenigen Tagen auf, andere bleiben jahrelang im Koma. Auch wenn im Moment nichts darauf hindeutet, müssen wir einen Hirnschaden in Betracht ziehen ... mit allen denkbaren Folgen."

Als sie alleine waren, legte Rosa ihrem Schwiegersohn eine Hand auf die Schulter. „Der Glaube kann dir Halt geben."

„Ich war lange nicht mehr in der Kirche."

„Wenn du nicht mit Gott reden kannst, dann sprich zumindest mit Michaela. Sie muss daran erinnert werden, dass sie hier ein Leben hat ... dass jemand auf sie wartet ... dass sie geliebt wird."

„Und wenn die Liebe sie nicht zurückholt?"

„Sie wird sie zurückholen! Michaela hat sich an einen dunklen Ort verirrt. Wir müssen unsere Stimmen gebrauchen wie Taschenlampen, damit sie wieder zurückfindet."

Langsam kehrte der Alltag zurück. Rosa kümmerte sich um Thomas, während sein Vater wieder arbeitete.

„Was ist los, Gerhard, ich spüre, wie bedrückt du bist." Ihr Enkel war bereits im Bett, als Rosa ihren Schwiegersohn ansprach.

„Es gibt tatsächlich etwas. Seit fünf Wochen tue ich alles, um zu Michaela durchzudringen. Ich spreche jeden Tag mit ihr, spiele ihre Lieblings-CD's und einen getragenen Pullover von Thomas auf ihr Kopfkissen gelegt ... nichts!"

„Ich weiß, wie schwer es ist ... du musst Geduld ..."

Mit einer Geste unterbrach er sie.

„Da ist noch etwas anderes, Rosa. Gestern habe ich *Das* gefunden." Er hielt ihr ein Hochzeitsalbum hin, auf dessen Einband Michaela mit einem anderen Mann zu sehen war. Er schloss die Augen und erinnerte sich.

„Willst du mich heiraten?" Gerhard kniete vor Michaela. Strahlend blickte sie auf ihn herab, dann wurde sie nachdenklich. „Du weißt, dass ich schon einmal verheiratet war? Wir hatten keine gemeinsame Zukunft und unsere Trennung war der richtige Schritt, aber ..."

„Ich weiß", gab Gerhard zurück, stand auf und küsste Michaela zärtlich.

„Hast du vor Michaela nicht auch schon eine Frau geliebt. Das hier ist eine alte Geschichte, Gerhard. Michaela war damals so jung."

„Die Mondlandung ist eine alte Geschichte, das hier nicht! Du hattest recht, sie kann uns hören. Sie hat uns die ganze Zeit gehört, aber wir haben die falschen Dinge gesagt. Weißt du, warum das hier keine alte Geschichte ist? Ich habe heute an Michaelas Bett seinen Namen erwähnt, *Sascha Kehl* ... und sie hat reagiert."

Erschrocken hielt Rosa eine Hand vor den Mund.

„Ihre Augen haben sich unter den Lidern bewegt und sie hat geblinzelt. Nach den vielen Wochen ohne Reaktion wäre es ein unglaublicher Zufall, wenn das nichts zu bedeuten hätte, meinst du nicht auch?"

„Was sagen denn die Ärzte?"

Ihr Schwiegersohn winkte ab. „Ich brauche keine medizinischen Daten, um zu wissen, dass es nicht um *meine* Liebe zu ihr geht, sondern ... um Michaelas Liebe zu *ihm*." Gerhard straffte sich. „Ich möchte, dass *du* ihr über das frühere Leben erzählst, das sie geführt hat.

Erinnere sie daran, wie sehr sie diesen Sascha geliebt hat."

Rosa schlug die Hände vor das Gesicht und schüttelte energisch den Kopf.

„Es geht um ihr Leben, Rosa. Wir dürfen nichts unversucht lassen."

„Wie du meinst, aber es wird weh tun ... es wird *dir* weh tun, Gerhard."

„Mag sein, trotzdem wird es Zeit, endlich die Frau kennen zu lernen, die ich geheiratet habe."

Zwei Wochen später.

„Die Tests deuten darauf hin, dass sich ihr Zustand verbessert. Sie sind auf dem richtigen Weg." Der Arzt lächelte aufmunternd. „Es fehlt meiner Meinung nach nur ein Impuls, vergleichbar dem Schlag, den sie auf den Kopf bekommen hat - natürlich im übertragenen Sinn. Ein einschneidendes Erlebnis, auch ein negatives, könnte alles ändern."

Rosa sah Gerhard betreten an. Der zuckte niedergeschlagen mit den Schultern. „Dann werde ich diesen Sascha mal anrufen."

„Hallo Micha … ich bin's, Sascha." Er stand am Krankenbett und hielt ihre Hand, an dem sie ihren *neuen* Ehering trug. „Kann sie mich hören?", fragte er, ohne sich zu Gerhard und dem Arzt umzudrehen.

„Deshalb habe ich Sie angerufen. Wir sind überzeugt, dass Michaela … „

„Sie hat auf meinen Namen reagiert, nicht wahr?"

„Es sieht danach aus."

„Mann, Sie müssen sie echt lieben … wenn Sie *mich* anrufen."

Gerhard musste alle Selbstbeherrschung aufbieten, um ruhig zu bleiben.

„Wo sind denn deine schönen langen Haare", sprach Sascha weiter mit seiner Ex-Frau, „Micha, hörst du mich … ich bin's, Sascha."

Nach einer gefühlten Ewigkeit öffnete Michaela die Augen.

„Es ist so hell", stammelte sie mit brüchiger Stimme. „Sascha … du bist zurückgekommen."

„Hallo Micha, wie geht es dir?"

„Was ist passiert … wo bin ich?"

„Im Krankenhaus", schaltete sich Gerhard in das Gespräch ein, „du hattest einen Unfall, und ..."

Michaela sah ihn verständnislos an. „Wer sind Sie?"

„Retrograde Amnesie", begann der Arzt, „ist bei posttraumatischen ..."

„Moment mal", unterbrach Sascha ihn, „ich verstehe nur Bahnhof. Kann man das für jemanden erklären, der kein Hochschulstudium hat?"

„Eine Amnesie ist ein Erinnerungsverlust. Wenn sich dieser Verlust, so wie hier, auf die Zeit *vor* Eintritt der Störung bezieht, spricht man von rückschreitender - *retrograder* - Amnesie."

„Aha", kombinierte Sascha, „das heißt, sie kann sich an den Unfall nicht erinnern?"

„Mehr als das", ergänzte Gerhard mit mühsam unterdrücktem Zorn. „Michaela glaubt offenbar, dass Sie sich gerade getrennt haben und nun zu ihr zurückgekehrt sind."

„Ich werd verrückt!"

Gerhard trat an das Bett heran. „Ich würde gerne einen Moment mit meiner Frau alleine sein."

Widerwillig verließ Sascha das Zimmer, gefolgt von dem Arzt. Gerhard beugte sich zu Michaela.

„Erinnerst du dich an mich?"

„Sie sind die Stimme."

„Welche Stimme?"

„Die aus meinen Träumen, ich bin mir ganz sicher."

„Dann weißt du wieder, wer ich bin?" Gerhard blickte erwartungsvoll.

„Ja ... Sie sind einer der Ärzte."

„Glaubst du, dass sie mich jemals geliebt hat?" Gerhard saß zusammengesunken auf der Couch.

„Natürlich!" Rosa legte so viel Überzeugungskraft wie möglich in ihre Stimme. „Michaela weiß, welches Glück sie mit dir hat."

„Und er, liebt er sie immer noch?"

„Ich glaube nicht, dass er sie jemals *wirklich* geliebt hat." Sanft sprach sie weiter. „Du musst Geduld haben, der erste Impuls durch Sascha war erfolgreich, sie ist aufgewacht. Nun sollte der nächste folgen, damit sie sich erinnert. Du weißt, was zu tun ist."

Unruhig trippelte Thomas vor der geschlossenen Tür hin und her. Als Gerhard ihm aufmunternd zunickte, drückte er die Klinke herunter und betrat das Krankenzimmer.

Überrascht setzte Michaela sich in ihrem Bett auf. „Hallo, kleiner Mann."

Ihr Sohn stürmte zu ihr, bereit für die erlösende Umarmung.

„Wer bist du denn?", riss seine Mutter ihn aus allen Träumen.

Thomas schluchzte laut auf und stürzte aus dem Zimmer. Verstört blickte sie ihm nach.

Michaela versuchte sich zu erinnern. Die Bilder in ihrem Kopf waren wie Versteinerungen, die man mühsam aus einer Felswand herausschlagen musste.

Völlig verwirrt wollte sie aus dem Bett steigen ... zu schnell für ihren geschwächten Körper. Alles um sie herum drehte sich, ihr wurde schwarz vor Augen. Gerhard wollte sie aufzufangen - zu spät. Hart schlug sie der Länge nach hin.

Langsam kam Michaela wieder zu sich. Sie entdeckte Sascha, der an der einen Seite ihres Bettes stand. Überrascht begann sie zu lächeln. „Was machst du denn hier?"

„Ich wollte nach dir sehen, du hattest einen Unfall ... „

„Deswegen bist du extra gekommen ... das ist nett von dir, aber ... wo ist mein Mann?"

Sascha atmete tief durch und nickte Gerhard zu, der auf der anderen Seite des Bettes stand. Michaela drehte den Kopf zu ihm und begann glücklich zu lächeln. Mit tränennassen Augen beugte er sich zu ihr hinunter und küsste sie. „Schön, dass du wieder da bist, Schatz, wir haben dich so sehr vermisst."

„Ich würde euch niemals verlassen, das weißt du doch", tadelte sie ihn liebevoll. „Und wo ist Thomas?"

Heimat

Das schrille Klingeln des mechanischen Weckers durchdrang die enge Schlafkabine und riss Roger aus seinen Gedanken, während er auf dem Rücken liegend an die Decke starrte.

„Ich hasse dieses Ding," schimpfte Anja und stellte den Alarm mit einem gezielten Hieb ab, „wieso können wir uns nicht vom Zentralrechner wecken lassen wie alle anderen auch?"

„Damit wir unser früheres Leben nicht vergessen". Roger drehte sich auf die Seite und legte seiner Frau zärtlich die Hand auf die Schulter. „Du weißt doch, wie viel mir das bedeutet."

„Von diesem uralten Ding bekomme ich irgendwann einen Hörsturz! Ich denke auch so oft genug an die Vergangenheit!"

„Warum kommst du dann heute nicht mit? Es dauert lange, bis es wieder eine solche Gelegenheit gibt."

Nachdenklich ließ sich Anja auf das Bett zurücksinken. „Ich weiß. Aber es tut einfach noch zu weh."

„Wie du meinst, ich gehe mit Ben alleine. Er ist zwölf und wird es verstehen."

„Wollt Ihr mitfahren," erkundigte sich der für die Einteilung zuständige Samuel „noch gibt es freie Plätze?"

Ben sah seinen Vater fragend an. „Ich dachte, die Mobile dürfen nur für Arbeitseinsätze benutzt werden?"

„Normalerweise schon," klärte Roger ihn auf, „die Stationsleitung macht eine Ausnahme, wenn die Erde dem Mars so nah ist wie in diesen Tagen. Es ist das erste Mal, seit unserer Ankunft und kommt lediglich alle paar Jahre vor." Er wandte sich wieder Samuel zu. „Nein danke, zwei Raumanzüge reichen ... und für jeden ein Fernrohr." Roger klopfte Ben auf die Schulter und ignorierte dessen skeptischen Gesichtsausdruck. „Wir wollen uns die Aussicht redlich verdienen, oder?"

„Wie lange müssen wir denn gehen?", erkundigte Ben sich, während sie mühsam die klobigen Schutzanzüge anlegten.

„Ungefähr eine Stunde."

„Das ist bestimmt total anstrengend!"

„Du warst doch schon außerhalb der Station."

„Aber immer nur zwischen den Gebäuden. Jetzt müssen wir durch den ganzen Krater laufen und auf den Hügel klettern. Und in diesen Dingern ist es furchtbar unbequem!"

„Vertrau mir Ben, du wirst es nicht bereuen."

Nachdem Roger sorgfältig die zwei Anzüge und die Funkgeräte überprüft hatte, gab er Samuel ein Zeichen. Die innere Tür der Schleuse öffnete sich. „Lass uns aufbrechen, damit wir vor dem Mobil ankommen, es startet erst in 60 Minuten."

Nach der Hälfte des Weges legten die beiden eine Pause ein. „Kannst du dich an die Zeit auf der Erde erinnern," wollte Roger von seinem Sohn wissen, „bei unserem Start bist du gerade mal vier Jahre alt gewesen?"

„Nicht wirklich ... nur dass alles so ... *laut* war."

„Laut?" Roger beugte sich zu Ben hinunter, um dessen Gesicht durch die halbrunde Sichtscheibe des Helms zu sehen. „Vermutlich meinst du die Panik, die überall herrschte, weil der Planet unbewohnbar geworden war. Zerstört von der Menschheit – von uns allen. Leider konnten die Raumschiffe nur wenige Menschen aufnehmen. Wir passten genau in das Schema: junge Familie, mindestens ein Kind.

Es war unglaubliches Glück, dass der Computer unsere Namen auswählte." Mit großen Augen sah Ben zu seinem Vater hoch. „Und die, die nicht mitdurften?"

„Sie mussten zurückbleiben. Nicht alle werden überleben." Wortlos machte Ben kehrt und marschierte weiter.

30 Minuten später erreichten sie den Fuß des Kraterrands. Roger spähte über die Schulter zur Station zurück. „Das Mobil ist unterwegs - auf zum Endspurt!"

Vom Ehrgeiz gepackt kletterte Ben los. Sein Vater konnte kaum mithalten. Oben angekommen lehnten sich beide zur Erholung an einen mannshohen Felsbrocken.

„Ben," beendete Roger die Pause, „bist du bereit?"

„Na klar." Sie holten ihre Fernrohre aus seitlichen Taschen ihrer Anzüge und spähten durch die Sucher. Die Erdkugel war im Okular deutlich zu sehen. „Derart nah kommen sich Mars und Erde regelmäßig in einem Abstand von 16 Jahren," begann Roger zu erklären, „das liegt an der sogenannten Perihelopposition. Die beiden Planeten bewegen sich nämlich nicht kreisförmig um die Sonne, sondern auf verschieden ausgeprägten elliptischen Bahnen. Aus diesem Grund ..." Er drehte sich zu Ben. „Alles okay bei dir?"

„Ich habe noch nie eine schönere Farbe gesehen, Pa."

Gerührt schloss sein Vater kurz die Augen. „Deshalb nennt man die Erde den Blauen Planeten. Das kommt von den riesigen Ozeanen, die einen Großteil der Oberfläche bedecken."

„Sie sieht überhaupt nicht kaputt aus, sondern wunderschön."

Ein Lächeln huschte über Rogers Gesicht. „Stimmt, wie das Paradies." „Schade, dass Mama nicht hier ist."

Lange Zeit standen die beiden da und blickten durch ihre Fernrohre.

Inzwischen waren die Insassen des Mobils auf der Anhöhe eingetroffen und genossen die Aussicht.

„Glaubst du, ich kann die Erde irgendwann besuchen?" brach Ben das Schweigen.

Roger wählte seine Worte mit Bedacht. „Du und die anderen Kinder ... ihr gebt uns Hoffnung. Wenn unser Heimatplanet wieder bewohnbar ist - in einer fernen Zukunft - können eure Nachkommen dorthin zurückreisen. Ich habe mit dir heute diesen Ausflug gemacht, damit du nie vergisst, wo deine Heimat ist."

„Ich werd's ganz bestimmt nicht vergessen, Pa, versprochen!"

„Und wenn doch," erklang Anjas Stimme plötzlich über Funk, „erinnere ich dich daran." Sie hatte sich aus der Gruppe gelöst und kam ihnen entgegen. Ben wirbelte herum. „Mama!", rief er immer wieder, während er ihr entgegenlief, „Du bist doch gekommen!" Begeistert fiel er ihr in die Arme. Als Roger die beiden erreicht hatte, legte er den Helm an den seiner Frau und betrachtete sie mit glänzenden Augen.

„Schön, dich hier zu sehen."

„Was blieb mir anderes übrig. Sonst hätte ich mir jahrelang anhören müssen, was ich verpasst habe."

Der Einschulungstest

„Also, ich weiß nicht ...!"

Sonja stützte das Kinn auf ihre verschränkten Hände und fixierte den Bildschirm ihres Laptops.

„Muss man denn den Kindern in dem Alter eine solche Prüfung zumuten? Florian ist gerade mal fünfeinhalb."

Arthur legte die Zeitung weg und stellte sich hinter seine Frau. „Du meinst den Einschulungstest nächste Woche?"

„Ja, ich wollte wissen, was die da von ihm verlangen."

Er beugte sich zum Computer und las den angezeigten Text.

„Es geht darum, die Schulfähigkeit der Kinder festzustellen. Da jedes Bundesland ein eigenes Schulgesetz hat, ist Zeitpunkt, Ort und Art des Tests Ländersache. In den anderen Bundesländern ist es also nicht wie bei uns in Bayern."

Sonja scrollte nach unten. „Schau, hier steht es. *Bei dem Eignungstest für die Schule wird überprüft, ob das Kind körperlich und emotional die Voraussetzungen erfüllt. Hat es kognitive Fähigkeiten und ist es sozial in der Lage, den Schulalltag zu meistern? Ist das Kind ausreichend selbstständig, kann es seine Meinung äußern, Konflikte lösen und Regeln einhalten? Besitzt es die nötige Konzentration, um dem Unterricht folgen zu können?"*

Unsicher sah sie ihren Mann an. „Das klingt nicht nach einem entspannten Vormittag!"

Arthur machte eine beschwichtigende Geste. „Lies weiter."

„*Dem Einschulungstest sollte auf keinen Fall die Bedeutung einer wichtigen Prüfung wie für Erwachsene beigemessen werden. Das würde die Kinder zu sehr unter Druck setzen. Der Test dient lediglich dazu, ein Gesamtbild des Leistungsniveaus zu erhalten und eventuelle Defizite zu erkennen, die man bis zur Regeleinschulung möglicherweise beheben kann. Kein Kind muss perfekt abschneiden.*"

„Na siehst du - alles halb so wild."

„Was ist denn, wenn er nicht besteht? Schau ..." Sie deutete auf den nächsten Absatz. „*Der Test hat zwei Teile. Zum einen wird das Kind körperlich untersucht.*" Sie überflog den weiteren Text. „*Hör- und Sehtest ... Gewicht und Körpergröße ... Gleichgewichtssinn und Grobmotorik ... eventuelle Fehlstellungen der Füße, etc. ... Zum anderen wird der Entwicklungsstand spielerisch getestet ... kennt es seine Adresse und das Datum des eigenen*
Geburtstages? ... kann es sich Dinge merken? ..."

Arthur schüttelte den Kopf. „Du machst Dich ja ganz verrückt. Hast du den Eindruck, Florian ist in seiner Entwicklung zurück?"

Sonja zuckte mit den Schultern, dann schüttelte sie leicht den Kopf. „Natürlich nicht!"

„Eben", fuhr Arthur bestätigend fort, „im Hof wollen die älteren Jungs immer mit ihm Fußball spielen, weil er den besten Schuss hat. Körperlich fehlt ihm nichts. Er kann seinen Namen schreiben, bis über 20 zählen ... trotzdem macht ein Gesundheitscheck durchaus Sinn ... also keine Panik. Thomas freut sich auf die Schule. Das sollten wir ihm nicht wegnehmen, die Realität holt ihn schnell genug ein."

Sonja atmete tief ein und aus. „Du hast recht ... wird schon schiefgehen."

„Mama, bist du wach?"

Florian stand an Sonjas Bett. Sein Gesicht befand sich wenige Zentimeter von dem seiner Mutter entfernt. Die schreckte hoch.

„Was ist los ... ist etwas passiert?"

„Mama!", erklärte Florian vorwurfsvoll, „ ich muss doch heute in die Schule!"

Sie setzte sich auf die Bettkante, sah an ihrem Sohn herunter und hob die Augenbrauen.

„Du bist ja schon angezogen."

„Ja klar, und das Frühstück ist auch fertig."

Sonja stand der Mund offen.

Florian nahm ihre Hand und versuchte, seine Mutter hochzuziehen. „Hör auf, rumzutrödeln und steh'auf!"

Er lief aus dem Zimmer.

„Na hör mal!" Sonja schüttelte den Kopf, streckte sich und folgte ihrem Sohn.

„Markus und Julian waren letzte Woche dort", erzählte Florian, während es seine Cornflakes mampfte, „die haben gesagt, es ist gar nicht schwer."

„Dann ist es ja gut. Was mussten die beiden denn machen?"

„Alles Mögliche ... malen ... und ... zeichnen ..."

„Sonst nichts?"

„Und rechnen ... aber nur kurz."

„Rechnen ... bist du sicher?"

„Na klar, ich kann bis einhundert ... äh ... tausend zählen!"

Sonja nickte bestätigend und schaffte es gerade noch, sich das Lachen zu verkneifen. „Die werden staunen!"

„Hat lange gedauert, bis er eingeschlafen ist." Arthur kam ins Wohnzimmer und ließ sich in den Sessel fallen. „Er war nicht zu bremsen und hat ausführlich geschildert, was er heute in der Schule erlebt und gemacht hat."

Er schenkte sich ein Glas Wein ein und trank einen großen Schluck.

„Hab nicht alles verstanden, weil er so durcheinander erzählt hat. Wollte aber nicht nachfragen, sonst hätte es noch länger gedauert. Kannst du mich aufklären?"

Auffordernd sah er seine Frau an.

„Ein interessanter Tag ... und sehr unterhaltsam. Der Reihe nach:

Zuerst haben sie ihn untersucht. Das war nichts Neues für ihn, er kennt das von den Untersuchungen beim Kinderarzt."

„Und?"

„Keine Gebrechen - alles bestens."

„Sag ich doch ... und weiter?"

„Zwei nette Lehrerinnen haben spielerisch Tests gemacht. Zuerst sollte er Dreiecke, Kreise und andere

Formen erkennen und musste Symbole wie Sterne oder Kreuze abmalen und Strichmännchen zeichnen."

„Auch Rechnen?" Arthur nahm noch einen Schluck.

Sonja überlegte kurz. „Nicht direkt. Sie wollten, dass er zum Beispiel fünf Dinge aufzählt ... die man beim Bäcker kaufen kann ... Fahrzeuge, die auf der Straße fahren ... solche Sachen."

„Interessant ... gab es irgendwelche Probleme?"

„Nun ja" Sonja versuchte, ein Lachen zu unterdrücken, indem sie sich einen Handrücken an den Mund hielt - vergeblich.

„Was ist so lustig ... erzähl weiter."

Sie fasste sich wieder.

„Als letzte Übung waren zehn Gegenstände auf einem Tisch verteilt. Thomas sah sie sich an, bevor sie zugedeckt wurden."

„Wie ein Memory-Spiel?"

„Genau. Er sollte aus der Erinnerung so viele Dinge benennen, wie er konnte."

„Und?"

„Erst hat er sechs Sachen aufgezählt. Einen Ball, einen Teller, einen Apfel, ein Buch, einen Schuh und eine Brille. Nicht schlecht für den Anfang. Ich dachte, das war 's, aber er hat fieberhaft überlegt und schließlich ..."

„Machs nicht so spannend!"

„Er war ganz stolz, dass ihm noch ein Gegenstand eingefallen ist und hat freudestrahlend gerufen *„Und ein Glupperl* ... du hättest das Gesicht der einen Lehrerin sehen sollen ... köstlich."

Arthur hob fragend die Arme. „Warum ist das komisch?"

„Na, von ihr kam nur *„Wie bitte ... was hat der Junge gesagt?"".*

Dann hat sie ihre Kollegin angeschaut."

„Sie ist nicht von hier?"

„Nein, sie kommt aus Berlin und kennt bairische Wörter nicht."

„Verstehe."

„Eine andere Lehrerin hat sie aufgeklärt, dass man in Bayern zu einer Wäscheklammer Glupperl sagt."

„Dann hat sie immerhin den ersten einheimischen Begriff gelernt."

„Eine echte Win-Win-Situation."

„Und Florian wird im September eingeschult?"

„Ja, er kann es kaum erwarten."

Reine Liebe

„Hier muss es sein." Tina blieb vor einem Schaufenster stehen und betrachtete die stilvoll dekorierte Auslage.

Sabine stellte sich neben sie. „Das Geschäft kenne ich."

Die Angesprochene warf ihr einen ungläubigen Seitenblick zu.

„Ich wollte damit sagen, dass ich schon oft hier vorbeigegangen bin, weil wir nur drei Straßen weiter wohnen. Drin war ich noch nie."

„Das hätte mich auch sehr gewundert! Sieh dir nur die Preise an."

„Nichts, was wir uns leisten können."

Kopfschüttelnd sahen sich die jungen Frauen an. „Wie kann das sein?"

„Keine Ahnung, vielleicht handelt es sich um ein Missverständnis."

Beide starrten auf ein Stück Papier.

Die Quittung ist eindeutig aus diesem Laden."

„Dann sollten wir dem auf den Grund gehen."

Die Beleuchtung des Verkaufsraums war dezent und unaufdringlich. Scheu tasteten die Blicke der beiden Frauen über den Inhalt zahlreicher Vitrinen.

„Guten Tag, meine Damen, wie kann ich Ihnen helfen?"

Erschrocken drehten sich die Angesprochenen zu einem Verkaufstresen, hinter dem ein hagerer Mann regungslos wartete.

Tina fasste sich. „Wir ... wollten fragen ..."

„Dann treten Sie doch näher." Er machte eine einladende Geste.

Die Frauen stellten sich vor den gläsernen Ladentisch und musterten ihr Gegenüber.

Das Gesicht des etwa siebzigjährigen Mannes war mager, die aristokratische Nase leicht vorspringend und gebogen, der Mund schön geschwungen, die Lippen verhältnismäßig schmal.

Tina holte den Zettel hervor und gab sie ihm. „Ist diese Rechnung aus Ihrem Laden?"

Er betrachtete aufmerksam das Papier. Seine Finger, so lang wie die eines Konzertpianisten, zeugten von Geschicklichkeit.

„Ja, die Quittung habe ich selbst ausgestellt ... erst letzte Woche."

„Aber der Preis", ergänzte Sabine, „das muss doch ein Fehler sein!"

Erneut blickte der Mann auf das Dokument. „Zehn Euro? Der Betrag ist absolut korrekt."

Die Frauen sahen sich verständnislos an.

„Erinnern Sie sich denn an die Kunden?"

Ein Lächeln erschien auf dem Gesicht des Verkäufers. „Aber gewiss, ein sehr sympathisches junges Paar. Ihre Namen waren Maximilian und Katharina, wenn ich mich recht entsinne."

Mit offenem Mund starrten sie den Mann an.

Diesmal war es Sabine, die sich aus der Starre löste. „Maxi und Kathi ... ja, das sind unsere Kinder. Wie können Sie Siebenjährigen so etwas verkaufen?" Aus ihrer Handtasche holte sie ein kleines, edel aussehendes Etui, stellte es auf die Glasplatte und klappte es auf. „Das ist doch von Ihnen, oder?"

Prüfend beugte sich der Mann zu dem Objekt und nickte. „In der Tat, es handelt sich hier um Ware aus unserem Bestand. Ist damit etwas nicht in Ordnung?"

„Nicht in Ordnung?" Tina schrie fast. „Das hier ist ein Schmuckgeschäft, ein sehr teures, um genau zu sein ..."

„Ich bevorzuge die Bezeichnung *exklusiver Juwelier*." Der Stolz in seiner Stimme war nicht zu überhören.

„Na gut, dann eben teuer *und* exclusiv."

„Kein Grund zur Aufregung. Lassen Sie mich Ihnen erst einmal vorstellen."

Der Mann ging um den Tresen herum und gab Tina und Sabine die Hand.

„Ich bin Aaron Friedmann, der Besitzer. Mein Vater hat das Geschäft nach dem Zweiten Weltkrieg aufgebaut und in den Achtzigerjahren des letzten Jahrhunderts an mich übergeben. Seit einigen Jahren führe ich es zusammen mit meinem Sohn, der in der Werkstatt arbeitet", er deutete zu einer Tür im hinteren Teil des Raumes, „und mich in nicht allzu ferner Zukunft beerben wird. Durch ausnahmslos höchste Qualität und handgefertigte Schmuckstücke ist es uns gelungen, gegen die Billigkonkurrenz aus dem Internet zu bestehen."

„Da haben wir es!" Sabine zeigte auf das Etui. „Das ist kein Modeschmuck, sondern echtes Gold."

„Genau genommen handelt es sich dabei um bicolore Ringe aus Weiß- und Gelbgold mit 18-karätiger Legierung, hochpolierter Oberfläche und drei Diamanten. Unikate aus der aktuellen Kollektion."

Tina musste sich kurz abstützen. „Wie kommen Sie dazu, unseren Kindern ausgerechnet so etwas zu verkaufen?"

„Nun." Und im Widerspruch zu seiner Ankündigung verging einige Zeit, bis er mit der Erklärung fortfuhr. Friedmann ging wieder hinter den Tresen, nahm das Etui und betrachtete den Inhalt. „Die beiden haben sich von mir beraten lassen und sich schließlich für diese Ringe entschieden – eine ausgesprochen gute Wahl."

„Und der Betrag? Ich habe in Ihrem Sortiment nichts gesehen, was unter mehreren hundert Euro zu haben ist."

„Das stimmt. Jedoch hatte Maximilian nur zehn Euro dabei, deshalb musste ich den Preis anpassen."

„Anpassen?" Sabine schlug die Hände über dem Kopf zusammen. „Wollen Sie uns auf den Arm nehmen? Wieso verkaufen Sie sündteure Schmuckstücke zu einem Spottpreis an Kinder?"

„Und warum", ergänzte Tina, „Ringe, die ihnen viel zu groß sind? Das sind Eheringe für Erwachsene!"

Lange sah Friedmann den Müttern in die Augen. „Ich verstehe Ihre Verwunderung und Sie haben natürlich eine Erklärung verdient. Ich werde meinen Sohn bitten, Kaffee für uns aufzusetzen. Wir machen in wenigen Minuten unsere Mittagspause und schließen den Laden. Dann können wir uns ungestört unterhalten. Was halten Sie davon?"

„Wissen Sie", begann Friedmann, nachdem alle mit Kaffee versorgt waren, „ich habe in all den Jahrzehnten unzählige Eheringe verkauft und dabei gelernt, wie unterschiedlich die Menschen und ihr weiterer Lebensweg sind.

Es überwiegen die positiven Momente. Glückliche Paare, die Ihre Liebe mit einem Stück aus unserem Haus besiegeln wollen.

Natürlich sehe ich nicht alle Käufer wieder, aber ein Teil der Kunden meldet sich nach einiger Zeit, um von Ihrem Glück zu berichten und sich zu bedanken.

Ich erinnere mich an ein älteres Paar, das Ringe für ihre Goldene Hochzeit erwerben wollte. Zu ihrer Vermählung kauften sie damals bei meinem Vater und freuten sich, dass unser Geschäft immer noch besteht. 50 Jahre später durfte ich den beiden also erneut eine Freude machen. Das war einer der bewegendsten Momente."

Die jungen Frauen hatten den Ausführungen gebannt gelauscht. Tina stellte ihre Kaffeetasse weg. Eine steile Falte grub sich zwischen ihre Brauen. „Das alles ist durchaus interessant und schön zu sehen, wie Sie Ihren Beruf lieben. Aber ich verstehe immer noch nicht, was das mit unseren Kindern zu tun hat. Wenn Sie schon so großen Wert auf

Exklusivität legen, dann begreife ich nicht, wieso Sie nur zehn Euro verlangt haben."

„Leider kommt es manchmal vor, dass einer der Partner – meist der Ehemann, der bezahlt hat – sich meldet und die Ringe zurückgeben möchte. Die Beziehung sei gescheitert und die Stücke werden nicht mehr gebraucht. Wir nehmen Ware jedoch grundsätzlich nur zurück, wenn sie einen Mangel aufweist, der auf uns zurückzuführen ist, was so gut wie nie der Fall ist. Leider spielen sich dabei manchmal unschöne Szenen ab."

Friedmann blickte kurz zu seinem Sohn, der ihm aufmunternd zunickte.

„Was Ihre Kinder betrifft: Noch nie hat mich eine Liebesbekundung zweier Menschen so berührt, wie die von Maximilian und Katharina. Ihre Gefühle füreinander sind rein und unverfälscht. Sie haben mir versichert, dass sie heiraten werden, wenn sie erwachsen sind. Deshalb verlangten sie auch keine Kinderringe, denn erst zur Vermählung wollten sie die Schmuckstücke anlegen."

Friedmann beugte sich vor und sah Tina und ihrer Freundin in die Augen.

„Ganz ehrlich, meine Damen, wie hätte ich da *Nein* sagen können?"

Sabine blies die Backen auf. „Nun aber mal halblang! Sie erzählen hier irgendwas über Liebe und Heirat. Dabei handelt es sich um zwei siebenjährige Kinder, die schon im Sandkasten miteinander gespielt haben und jetzt zusammen zur Schule gehen, weil wir zufälligerweise in derselben Straße wohnen. Glauben Sie im Ernst, dass die beiden eine Vorstellung haben, was wahre Liebe ist. Wer weiß, ob sich ihre Wege nicht trennen."

Friedmann lehnte sich zurück. „Ich hatte von *reiner* und *unverfälschter* Liebe gesprochen. Meiner Meinung nach ein großer Unterschied zu Gefühlen zwischen erwachsenen Menschen. Ich kann Ihre Bedenken nachvollziehen und bin kein Träumer. Ob sich Ihre Kinder tatsächlich ineinander verlieben, wenn in der Pubertät das andere Geschlecht interessant wird? Das halte ich für äußerst unwahrscheinlich. Es gibt angeborene psychologische Mechanismen die verhindern, dass man sich in die Leute verliebt, mit denen man aufgewachsen ist, auch wenn man nicht blutsverwandt ist. Damit verhindert die Natur Inzest, denn in der Regel sind es eben Geschwister, die ihre Kindheit miteinander verbringen."

„Dann ist mir erst recht unklar, warum Sie ..."

„Weil mich dieser Moment so bezaubert hat. Zwei Kinder, die gerade mal so groß sind, dass sie über die Verkaufstheke sehen können, gestehen sich ihre Liebe – oder was sie dafür halten. Um den Augenblick perfekt zu machen, bin ich darauf eingegangen. Eine einmalige Situation in meinem Leben, die sich kaum wiederholen wird. Sie sind immer noch skeptisch? Lassen Sie mich Ihnen einen Vorschlag unterbreiten."

Er deutete auf seinen Sohn. „Tobias wird die Ringe in unserem Safe verwahren, bis Ihre Kinder volljährig sind. Danach können Sie entscheiden, was damit geschehen soll. Sind Sie einverstanden?"

Unschlüssig sahen sich Tina und Sabine an.

„Ich hoffe, das Wort das Sie suchen ist *Ja.*"

Die letzte Seite

„Da drüben ist die Einfahrt zum Campingplatz. Sieht nicht besonders einladend aus." Der Taxifahrer blickte in den Rückspiegel und musterte seinen Fahrgast. „Soll ich auf Sie warten?"

Reinhold schüttelte den Kopf. „Was bekommen Sie?"

„53,60 Euro."

Eine 200€-Banknote wurde nach vorne gereicht.

„Haben Sie es nicht kleiner? Ich kann Ihnen nicht rausgeben."

Reinhold war bereits ausgestiegen. „Nicht nötig!" Er schlug die Tür zu. „Auf den letzten Schein kommt es nun auch nicht mehr an", murmelte er vor sich hin, als er sich dem offenstehenden, verrosteten Gittertor näherte.

„Danke!", rief ihm der Taxler im Vorbeifahren noch zu, dann kehrte Stille ein.

Die Sonne war soeben aufgegangen – ein fahles, kraftloses Licht, das sich mühsam durch die morgendlichen Dunstschleier kämpfte.

Reinhold ging unter dem schief hängenden Schild des Dauercampingplatzes durch und passierte ein marodes, nur notdürftig gegen unbefugtes Betreten gesichertes Trafohäuschen. Offenliegende Kabelenden und mehrere Hinweistafeln mit der Aufschrift „Lebensgefahr" erregten seine Aufmerksamkeit.

Er blieb stehen, nahm einen Zettel aus der Hosentasche und betrachtete die von Hand gezeichnete Skizze. Es war nicht leicht gewesen, diese Adresse herauszufinden. Der einzige Hinweis war ein Name, vor sehr langer Zeit in einem Buch notiert. Erst hatte Reinhold erfolglos sein Glück auf eigene Faust versucht, dann aber doch die teuren Dienste eines Privatdetektives in Anspruch genommen. Obwohl dieser über wesentlich bessere Möglichkeiten verfügte, sah es anfangs nicht besonders erfolgversprechend aus. Die Ermittlungen zogen sich monatelang hin und Reinhold war gezwungen, seine Lebensversicherung zu beleihen.

Als er nicht mehr damit rechnete, kam es zu einem Durchbruch, der Privatermittler hatte die Person, die zu dem Namen gehörte, gefunden. Auf dem Zettel hatte er den groben Grundriss des Campingareals skizziert und einen Platz darauf farblich hervorgehoben.

Endlich bestand für Reinhold eine reelle Chance, die Wahrheit zu erfahren und einen Schlussstrich zu ziehen. Sollte alles nach Plan verlaufen, würde er heute das Drama beenden und seinen Frieden finden.

Und wenn nicht? Erneut fixierte er eines der Hinweisschilder mit der Aufschrift „Lebensgefahr" und schritt weiter auf dem mit Unkraut überwucherten Weg.

Vor dem letzten Stellplatz in der Reihe blieb er stehen. Kein Namensschild gab Auskunft über den Bewohner dieses heruntergekommenen, offensichtlich fahruntauglichen Wagens.

Reinhold trat näher und klopfte.

Nach einer gefühlten Ewigkeit waren scharrende Geräusche aus dem Inneren zu hören. Endlich klackte eine Verriegelung, die Tür schwang quietschend auf, ein undefinierbares Geruchspotpourri schlug Reinhold entgegen. Ein Mief, der immer dann entsteht, wenn ein Mensch auf engstem Raum lebt und dabei Sauberkeit und Körperpflege nicht höchste Priorität genießen.

Aus dem Halbdunkeln tauchte ein Greis auf. Das zerfurchte Gesicht unter dem ungepflegten Bart erinnerte an einen frisch gepflügten Acker. Die ungekämmten, verklebten Haare tanzten ihm kreuz und quer auf dem Kopf herum. Mit halbgeöffneten Augen blinzelte er den Störenfried an.

Reinhold steckte den Zettel ein. „Sind Sie Herr Sattler ... Konstantin Sattler?"

Der Angesprochene hob erstaunt die wild wuchernden Augenbrauen. „Was wollen Sie?"

„Ich bin hier, weil ich Ihre Hilfe brauche."

„Meine Hilfe?" Sattler lachte humorlos auf. „Sehe ich so aus, als könnte ich irgendjemandem helfen?"

„Ihr Aussehen interessiert mich nicht im Geringsten. Sie verfügen allerdings über Informationen, die ich dringend benötige, um ... um mein Leben zu retten."

„Sie sind ja völlig verrückt. Hauen Sie bloß ab!" Mühsam lehnte er sich aus dem Wagen, die von Gicht gekrümmten Finger packten den Griff und zogen daran.

„Es geht um Mord!", schmetterte Reinhold ihm entgegen.

„Mord?" Sattler hielt in der halbgeschlossenen Tür inne. „Nun passen Sie mal auf, junger Mann. Ich weiß nicht, was Sie für ein Problem haben, aber ich kann Ihnen mit Sicherheit nicht helfen." Seine brüchige Stimme zitterte fast so sehr wie er selbst. „Ich wohne seit ewigen Zeiten alleine, pflege nur den nötigsten Kontakt zur Außenwelt. Mord? Lächerlich! Vielleicht habe ich in meinem früheren Leben eine Fliege erschlagen. Das wars auch schon. Ich kenne Sie nicht, also verschwinden Sie von hier."

Reinhold fasste in die Brusttasche seines Mantels. „Sehen Sie sich das an." Langsam nahm er einen Gegenstand heraus und zeigte damit auf Sattler.

Dessen Augen weiteten sich, sein Atem ging stoßweise. „Das kann nicht sein. Wieso tun Sie das?"

„Weil ich Sie nicht einfach davonkommen lassen werde. Ich erwarte von Ihnen, die Wahrheit zu erfahren."

Sattler raufte sich die Haare. „Die Wahrheit? Reicht es denn nicht, dass ich alles aufgegeben habe? Den Job geschmissen, die Wohnung gekündigt, die Frau verlassen. Das Einzige, was mir geblieben ist, ist der Müllcontainer hier." Wütend schlug er gegen den Wohnwagen. „Wissen Sie, wie schwer es war, damit abzuschließen, nicht mehr daran zu denken? Und jetzt kommen Sie daher und zeigen mir das." Er deutete auf den Gegenstand, den Reinhold hochhielt. Es handelte sich um ein Buch mit schwarzem Einband, auf dem der Titel des Romans „NEUSTART" in Rot gedruckt war. „Sie reißen alte Wunden wieder auf, ist Ihnen das klar? Woher haben Sie das und wie haben Sie mich eigentlich gefunden?"

Reinhold ließ die Hand sinken und schlug die erste Seite auf. „Diesen Band, ein ehemaliges Büchereiexemplar, habe ich neben allerlei Gerümpel auf einem Speicher entdeckt. Hier vorne ist ein einziger Name notiert, Ihr Name. Danach müssen Sie das Exemplar irgendwann in den Siebzigerjahren des letzten Jahrhunderts ausgeliehen haben. Erinnern Sie sich?"

Sein Gegenüber atmete mehrmals tief durch. „Der ganze Titel lautet »NEUSTART. Eine gescheiterte Existenz. Ein schrecklicher Unfall. Ein Neubeginn?« Wie sollte ich das jemals vergessen können! Der Klappentext war dermaßen vielversprechend, dass ich sofort zu lesen anfing ... ein großer Fehler! Den Text habe ich regelrecht verschlungen, so sehr hat er mich gefesselt. Die Hauptperson des Romans, Pascal Weber, lag nach einem Unglück im Koma. Dann die erste Wendung, als er wieder zu Bewusstsein kam und sich sein wahrer Charakter zeigte, indem er seinen Sohn Roman verstieß. Im weiteren Verlauf schien alles gut zu werden, als diese Frau in sein Leben trat ... wie hieß sie nochmal?"

„Evita ... Evita Lachner." Reinhold hatte Sattlers Ausführungen mit steigender Erregung gelauscht und kam nun seinerseits richtig in Fahrt. „Die Beiden sind sich langsam nähergekommen und Weber hat sich durch Evita zu einem guten Menschen entwickelt. Nach der Entlassung aus dem Krankenhaus bezogen sie eine einsame Waldhütte, um alles zu verarbeiten. Dabei eröffnete Evita ihm, dass sie Kontakt zu Pascals Sohn Roman aufgenommen hat und er zu ihnen unterwegs sei, um sich mit seinem Vater zu versöhnen. Kurz vor Romans Ankunft jedoch ..."

„... kam Evita mit der Wahrheit heraus." Sattler war die zwei Stufen aus dem Campingwagen heruntergestiegen, stand mit seinen Pantoffeln in einer Pfütze, gestikulierte wild und erzählte spuckesprühend weiter. „Sie hat zugegeben, dass sie alles inszeniert hatte, aus Rache wegen einer früheren

Verfehlung Pascals und es einen Mord geben würde, sobald Roman hier eingetroffen ist. Und dann ..."

„Genau", schrie Reinhold den alten Mann an, „und dann ... was? Sagen Sie es mir, was ist danach in der Waldhütte passiert? Wer wurde umgebracht und von wem? Mit dieser Ungewissheit kann ich nicht mehr weiterleben!"

Sattler ließ die Schultern hängen und schlug die Hände vor das Gesicht. „Ich weiß es doch auch nicht."

„Soll das heißen ..."

„Das heißt ... die letzte Seite des Buches hat gefehlt ... herausgerissen."

Reinhold stand mit offenem Mund da. „Die Seite hat damals bereits gefehlt? Haben Sie denn in der Bücherei nicht reklamiert?"

„Die hatten nur ein Exemplar, den Verlag gab es nicht mehr und der Autor war schon verstorben. Nicht einmal Antiquariate konnten mir helfen. Ich habe versucht, damit fertig zu werden, war zeitweise in psychologischer Behandlung ... alles umsonst. Am Ende bin ich hier gelandet." Sattler sah Reinhold müde an. „Und Sie?"

„Im ganzen Internet keinerlei Hinweise über das Buch oder den Autor. Ein Privatdetektiv hat Ihren Aufenthaltsort herausgefunden."

Er fingerte den Zettel mit der Skizze aus seiner Hosentasche, zerknüllte ihn und warf ihn in den Dreck. „Jetzt bin ich pleite und weiß nicht mehr weiter."

„Dann haben wir wohl einiges gemeinsam." Sattler stieg die zwei Stufen hinauf. In der Tür drehte er sich um. „Allerdings gibt es einen entscheidenden Unterschied zwischen uns." Ein verschmitztes Lächeln schien seine Lippen zu umspielen. „Sie haben Ihr ganzes Leben noch vor sich."

Mit leeren Augen sah Reinhold auf die geschlossene Tür, legte das Buch auf die obere Stufe und straffte sich. Dann schritt er entschlossen in Richtung Trafohäuschen.

Endspiel

Die aufgehende Sonne lugte durch die halb hochgezogene Jalousie und warf gelbe Streifen an die gegenüberliegende Wand. Der Glastisch in der Mitte des Raums war übersät mit leeren Bierflaschen und übereinandergestapelten Pizzakartons.

Adrian lag zusammengerollt auf der Couch und schnarchte mit geöffnetem Mund.

Ein schriller Ton weckte ihn auf. Er fasste sich an den Kopf und verzog schmerzhaft das Gesicht. Weitere sechs Klingeltöne später hatte er endlich das Mobilteil seines drahtlosen Telefons gefunden und fixierte mit zusammengekniffenen Augen das Display. *Dienst nicht verfügbar.*

Adrian nahm das Gespräch an.

„Karin ... Schatz ... bist du das? Hast du wieder deine Handynummer unterdrückt?"

„Ich bringe mich um."

Die Stimme am anderen Ende der Leitung war eindeutig männlich.

„Dirk ... bist du das?"

„Ich werd's tun ... ich bringe mich um."

Adrian verdrehte die Augen, die zwei Landkarten aus roten Äderchen glichen.

„Mann Dirk, hör auf mit dem Scheiß, das ist nicht lustig." Er spähte auf die Digitalanzeige des Hörers. „Weißt du eigentlich, wie viel Uhr es ist? Gestern hab ich mit den Jungs das Endspiel geguckt … und es ist echt spät geworden, also …"

„Hier ist nicht Dirk und ich mag auch keinen Fußball."

Adrian schüttelte den Kopf und massierte sich mit Daumen und Zeigefinger die Augen. Er wollte gerade etwas sagen, als ihm der Anrufer zuvorkam.

„Ich bin Ralf … bitte helfen Sie mir."

„Ralf, aha. Und was …?"

„Ich muss mit jemandem reden und hab einfach eine Nummer gewählt."

„Nun hör mal zu … Ralf … ich kenne dich nicht und dein Problem geht mich nichts an. Ich leg jetzt auf."

„Nein bitte … wenn Sie auflegen, dann … ich weiß nicht mehr weiter."

Adrian stand auf, wobei er sich kurz an der Armlehne seiner Couch festhalten musste. „Ich geh Pissen. Wenn du so lange dranbleiben willst ... bitte sehr."

Ohne eine Antwort abzuwarten legte er den Hörer weg, torkelte ins Bad und erleichterte sich. Anschließend hielt er den Kopf unter kaltes Wasser.

Er ließ sich wieder auf die Couch plumpsen und schob ein kleines Stück Pizza vom Vorabend in den Mund.

„Bist du noch da, Ralf?"

„Natürlich ... danke, dass Sie nicht aufgelegt haben."

„Also, pass auf ... du sagst mir, wo du bist, ich wähle den Notruf, die schicken jemanden vorbei und ..."

„Niemals, die Ärzte haben doch keine Ahnung."

„Was willst du ausgerechnet von mir?" Er verdrehte die Augen.

„Haben Sie eine Freundin?"

Adrian zog die Brauen zusammen.

„Ja, aber was geht dich das an?"

„Ich ... ich habe Probleme mit Frauen."

„Das ist doch kein Grund ...?"

„Heute Nacht", unterbrach Ralf ihn, „war mein erstes Mal."

„Ach so, du warst noch Jungfrau." Adrian lachte kurz auf. „Und hast ihn nicht hochgekriegt, oder?"

„Es lief nicht so, wie es hätte sein sollen."

„Was meinst du damit?"

Ralf machte eine längere Pause.

„Ich glaube, es war ein Fehler, bei Ihnen anzurufen. Am besten lege ich auf und bringe die Sache zu Ende."

„Moment mal!" Schwungvoll setzte Adrian sich auf. „Erst nervst du mich, dass ich nicht auflegen soll und jetzt, wo es spannend wird, da willst du dich verabschieden. Erzähl mal schön weiter ... was ist denn nun falsch gelaufen mit der Frau?"

Einige Zeit waren nur Ralfs gleichmäßige Atemzüge zu hören.

„Ich wollte ihr gar nicht weh tun, verstehen Sie?"

Adrian spürte Gänsehaut auf seinen Armen prickeln.

„Was meinst du damit, *ihr nicht weh tun*?"

„Ich dachte, sie wehrt sich nur, um mich heiß zu machen. Plötzlich war da diese Schere. Ich weiß nicht, wo die auf einmal herkam."

Adrians Herz schlug plötzlich erstaunlich schnell.

„Willst du mir sagen, du hast sie verletzt? Sag mir sofort, wo du bist ... ich rufe einen Krankenwagen!"

„Ich fürchte, dazu ist es zu spät."

Ralfs Stimme hatte einen gefährlich leisen Tonfall angenommen.

Adrian sprang auf und lief hektisch im Zimmer umher.

„Ganz ruhig Mann, ich muss überlegen."

„Ich bin ganz ruhig."

Adrian blieb stehen.

„Bist du dir sicher ... ich meine, dass sie ... sieh nach ... vielleicht ist sie nur ohnmächtig."

„Ich bin mir sicher. Hier ist so viel Blut. Sie ist bestimmt tot."

Adrian fuhr sich durch die zerzausten Haare.

„Okay ... wir müssen die Polizei rufen. Die wissen, was zu tun ist ..."

„Auf keinen Fall!", schrie Ralf, „Ich habe Sie nicht angerufen, damit Sie mein Vertrauen missbrauchen und mich den Bullen ausliefern."

„Du hast jemanden umgebracht", entgegnete Adrian, „dafür musst du bestraft werden … aber doch nicht mit Selbstmord."

„Ich wollte es auch gar nicht." Ralf sprach wieder ruhiger.

„Siehst du … es war ein Unfall … das gibt bestimmt … wie heißt das noch gleich … mildernde Umstände. Du wirst sehen … wir kriegen das hin. Vielleicht war es doch Schicksal, dass du ausgerechnet bei mir angerufen hast."

„Es war kein Schicksal, Adrian."

Adrians Herz setzte einen Moment aus. Als es wieder zu arbeiten begann, hatte er das Gefühl, als würde Eiswasser durch seine Adern gepumpt.

„Woher kennst du meinen Namen?", fragte er schwach.

„Steht ganz oben auf der Liste."

„Welche Liste?", hörte Adrian sich sagen, obwohl er die Antwort bereits ahnte.

„Die Liste in diesem Handy … *häufig kontaktiert*. Man möchte nicht glauben, wie schnell sie mir die PIN verraten hat."

Mit zitterndem Kinn starrte Adrian auf den Anhänger eines Schlüsselbundes, der ein Foto von ihm und seiner Freundin Karin zeigte.

„Danke, Adrian, ich bin froh, dich angerufen zu haben. Es hat gutgetan, mit jemandem zu reden."

Zeitfracht Medien GmbH
Ferdinand-Jühlke-Straße 7
99095 Erfurt, Deutschland
produktsicherheit@kolibri360.de